白クマサーファー 遠野一人

白クマサーファー

空の機嫌が悪くなると、海も顔色を変える。少女は見上げながら、あの上にも海があるんだと強く信じていた。今ごろあっちは大荒れなんだわ。赤い水着のすそを引っ張ると、周りを見渡してみた。

砂浜が途切れたら、その先へ行ってはだめよ。ママの声が響いてくる。いつもは思いつきもしないのに、今日は違った。遠くに見える、あの洞窟。水が怖いんじゃないわ。嵐になったら危ないから、やり過ごすことにしたのよ。ママのきつい一言に負けない言い訳を考えてみる。少女は、大きく暗い口をあけた岩場へ向かって歩き出した。

泳げないくせに、どうしてすぐに帰ってこなかったの。洞窟が近づくにつれ、ママの声は、だんだん小さくなっていった。

空と海は、いつだってけんかを始める。お互いに水という水を、波という波を撒き散らし始め、少女を風で吹き飛ばそうと競い合う。心を置き去りにして、やっと洞窟の奥へと飛び込む。と、そのまま座り込んでしまった。

心が、後から追いついてきた。急に、奥深くまで続く暗がりが迫ってきた。見ないようにしなきゃ。そう思うほど、目も耳もいうことをきいてくれない。気のせいだわ。わざと声を出した。ぼうっと。白い大きな塊が見える。自分の目の前に。絵本の中でしか見たことがない、雪だるまだ。でも、どうして？　瞬間、それは、わずかに動き出した。少女の胸の中にも、荒れ狂う波が押し寄せる。

雪だるまに見えたうすら白いものは、熊だった。黒っぽく汚れているけれど、確かに白い熊だ。もっと驚かなくちゃいけない。すぐ逃げなくちゃいけない。少女は、自分が信じられなかった。動いたのは足ではなく、口だった。どうして、こんなところにいるの？

おお、レディ。その質問に答えるには、ながい時間が必要だ。舌とあごを器用に使いながら人間の言葉を話す白くまに、一番必要なもの。それは、話し相手だった。大きな体を精一杯丸め、静かに、そしてゆっくりと、白くまは口を動かし始めた。

寒い、寒いところだ。気持ちのいいところだ。一面が真っ白で覆われていた。そこで私は生きていた。おなかがすくと、動物を殺して食べた。だから、動物たちは、私のそばにあまり近づいてこなかった。あのときが初めてだ。私が氷と氷の隙間のわずかな水面《みなも》を見ていると、わざわざ魚がこちらのほうへ近づいてきた。変だと思った。魚は、私に伝えたいことがあった。地面が溶けているというのだ。私は信じなかった。その魚を捕まえて、食べた。

不思議なことに、だんだん、いろんな動物を見るようになった。私が出会ったことのない動物たちもたくさんいた。何回か日が昇り、日が暮れた。あっというまに、白い地面に、黒い群れができた。

お互い、いつもは喰うや喰われるやだが、そのときは別だった。はるばる遠くからやって来たペンギンが、群れの真ん中に立って、みんなに教えた。私たちが生きているこの場所は、だんだん暑くなっている。この地面は、溶け始めている。あの動物は、命がけでここまで来た。私たちにそのことを伝えるために。私は、信じた。みんな、信じた。

すべてが溶けてしまったら、どうなるだろう。いつも地面を恋しがる白鳥が、みんなに向かって鳴いてみせた。魚たちは、下から氷をつついて、一斉に抗議した。縄張りを荒らされたくないからだ。ほかの動物たちも、おぼれてしまうことを恐れた。

私は、黙ってその様子を眺めていた。それから、みんなに向かって吼《ほ》えた。最後まで溶けずに残る地面があるかもしれない。探しに行ってくる。

誰も、私に頼んだわけじゃない。だけど、そうしようと思った。ほかの動物も、受け入れた。それは、そういうものだ。

どれくらい歩いたのかわからない。どこへ行けばいいのかもわからなかった。おなかがすいた。それは初めてではなかったが、体が痛くなったのに驚いた。それまで疲れたことなどなかったからだ。

何か捕まえて食べようと探してみたが、何も見つからなかった。この地面は、なんて白いのだろう。なんて広いのだろう。溶けるなんて、やっぱり間違いなのかな。横になって、じっと遠くを眺めていると、動物のにおいがした。かいだことのない動物のにおいだった。その方向へとにかく歩いてみよう。起き上がったとき、同じ方向から大きな音と小さな塊が飛んできて、私に刺さった。体に力が入らない。そう思ったとたん、気を失った。私は、生まれて初めて動物に捕まえられた。それが、人間との最初の出会いだった。

変だ。こんな妙な動物は、世界中探してもいないだろう。私は目を開けたとき、人間を見て、すぐにそう感じた。そして、これ以降、その感じはだんだん強くなった。

この動物は、私をいつ食べるのだろう。最初はそればかり心配していた。だが、いつまでたっても、その気配がない。それどころか、逆に私に食べるものをよこすではないか。四角く狭い場所に閉じ込められていたから、確かに捕まったのだとはわかった。そう、それは檻の中だ。

毎日食べるものを持ってくるのは、違う人間だった。だが、決まって同じ人間が私を見に来ては、何か声を出し、去っていった。

サーカスという言葉を知ったのは、だいぶん後だ。最初に覚えたのは、団長という言葉だ。人間同士がよくその言葉を使っていたから。毎日やってくる男が私に話しかけてきたのは、簡単な挨拶みたいなものだ。やあ、げんきかい？　おはよう、調子はどうだい？　この男は私を殺すつもりがないらしい。少しほっとした。男は、みんなからはニセ団長と呼ばれていた。私はこのサーカス団で、初めて人間というものを知った。彼らと私は、一緒に暮らすことになった。

サーカスを見たことがあるかい。シルクハットをかぶってひげを蓄えた団長が、恭《うやうや》しくお辞儀をする。観客の拍手を待って、腰から鞭《むち》を取り出し、ピシャリと地面にひとたたき。ここでわあっと、歓声が上がるだろう。ところが、隅から徐々に笑い声に変わる。赤い鼻にドタ靴を履いた道化師が、真ん中に転がり出てくるはずだ。お前の出番はまだじゃないか。これはしまった。鞭を振りながら追いかける団長から、巧みに逃げつつ宙返り、そして揺れる空中ブランコを目の前に、追い詰められ意を決したようにジャンプする。ブランコは、お生憎さまと手をすり抜ける。道化師はまっさかさまに落ちながら、すべての観客の悲鳴とうめき声を一身に受けるのだ。

もちろん地面の上には丈夫な網が張ってある。まるで今日はじめてそうしたように、網の上に体を弾ませた後、ゆっくり起き上がる。彼はみんなの拍手とその何倍もの笑い声を受けて、お辞儀を何度も繰り返せば、お邪魔しましたとばかりに奥へと消えていくだろう。

私は何度も見た。二人が練習する様子をいまも思い出す。本当に不思議だ。関係は、正反対だった。道化師が団長をしかりつけていたのだ。団長は何度も謝りながら、同じ動きを繰り返した。実は道化師が団長で、団長を演じているのはただの雇われ人だなんて、誰が気づくだろう。それとも、観客たちはみんなわかって見ていたのかな。ニセ団長は、練習の間、時々私のほうを見つめては、微笑んで泣きそうな目で、いつものようにお辞儀をしてみせた。私は、その顔が好きだった。

サーカスには、鏡が欠かせない。演じている姿を自分で見ながら練習するのだ。檻のすぐ前にもあった。ニセ団長はいつもそこで練習していた。

私は、最初の頃、鏡の中にも彼がいることに毎日驚いた。鏡の彼は、そっくりだがどこかが違う。そして決まって私に向かって微笑むのだ。思わず前足で目を隠すと、二人の彼は大笑いする。

驚きというものは、サーカス団のようにおそらくチームを組んでいるのだ。こちらをびっくりさせようと作戦を練っては、ここぞとばかりに次々と得意技を披露する。

私が目を覚まして鼻先を見ると、いつもより近くに鏡があった。その中に何かいて、私と同じ動きをする。そう、私が自分の顔を見たのは、そのときが初めてだ。すると、道化師のあの男が、白い大きな毛を背負って、その鏡の横に置いていった。死んだ白くまだ。だらりと壁に吊るされている。私もあんなふうにされるのか？　落ち着かない私の前に、今度はニセ団長がやって来た。なんと、檻の扉を開けたのだ。私は、檻を出て、その死んだ白くまのほうへ歩いた。なぜって？　私にもわけがわからない。

その白くまは死んでいなかった。生きてもいなかった。皮だけで、骨も肉もなかった。人間はその中に入る。子供がたくさんいるところへ行き、白くまのふりをして、サーカスへ来るように呼びかける。ニセ団長は、問わず語りにそうつぶやいた。ひょっとしたら、人間の世界では、みんな何かを演じないといけないのだろうか。だが、驚きは、まだ私を待っていた。この白くまの皮の中に入って、白くまを演じてほしいらしいのだ。

この私に。

道化師は、説教が好きだ。毎日朝になると、全員を一列に並ばせて、サーカスの由緒や決まりについてまくし立てた。諸君。知っての通り、このサーカスでは、新入りは白くまになって客引きをしなくてはならない。それがこのサーカスの伝統である。彼はお客様と直接触れ合い、その気持ちを知るだろう。またサーカスのすばらしさと難しさを肌で感じ取るだろう。この伝統は、そのためのシステムでもあるのだ。たとえ人間であろうとなかろうと例外はない。例外は、秩序と伝統を侮辱し、崩壊させせることである。それはこのサーカス団そのものを侮辱し、崩壊させることに他ならん。そんなことは断じて許すわけにはいかん。そうだろう？　諸君。

君には調教師としての力をぜひ発揮してもらいたい。君ならできる。

ニセ団長は、頭を抱えた。どんな動物だって、どんな調教師だって、できることとできないことがある。そう思ったのだろう。あの道化師も、きっとわかっていてわざわざあんな意地悪を言ったに違いない。

私は、白くまの皮の中に頭を突っ込んで寝転がってみた。そしてごそごそ動き回っているうちに、気がつけばその中にすっぽり体が入っていた。なんだ、これでいいのか。中は暑くてたまらなかったが、不思議に静かで落ち着く。小さな穴の向こうには、すごいすごいというニセ団長の顔が見えた。私には、それがうれしかった。

鏡は、私の友達になった。鏡の向こうには、私に似た別の白くまがいる。

私は、白くまを演じなければならない。前足を挙げて、ガオオと吼えてみる。私はいつもどんな風に吼えていたっけ。もう一度、前足を挙げてみる。白くまらしいって、なんだ？　鏡の白くまに話しながら、もう一度、さらにもう一度と、ポーズをとっては吼えてみせた。

私は、白くまになりきる練習をした。

ガオオ。サーカスが来たよ。ガオオ。サーカスが来たよ。テントの中では奇跡が起きる。天と地がひっくり返り、時間も伸びたりちぢんだり。人が鳥のように空中を舞い象のように丸太をなぎ倒す。鳥は女のように歌い、象は男のように戦うよ。よい子は一生の思い出に見ておいき。ガオオ。サーカスが来たよ。ガオオ。サーカスが来たよ。

だいぶん慣れた頃、私は白くま役から外された。もう新入りではないらしい。新しい芸を覚えさせ、ショーに出そうというのだ。私は、ニセ団長に玉乗りを教えられた。

なぜこんなことをやるのか。相変わらず私にはわからなかったが、彼が大きな玉をこちらに差し出す。後ろ足を乗せるとごろりと動いて私は転び、玉といっしょに転がる。足の裏でつかめ、もっと前へ、もっと後ろへ。いわれるままに、私はやってみる。そして前よりうまくできると、そのたびになぜか彼は食べものをくれる。私は別におなかはすいていなかったが、食べるほうがいい気がして、そのままそれを口にした。

ショーでは、私は人気者だ。まず、玉に乗って歩いてみせる。さらにドラムロールにあわせて玉の上でジャンプする。そして最後。ここが一番盛り上がるところだ。遠くにいるニセ団長がこちらに向かって転がす玉の上に、走りながら飛び乗って、テントをぐるりと一周する。大・中・小と3つの玉に順番に乗ってみせるが、一番難しいのは、いや、大玉じゃない。

小さいほうだ。これができるくまは私が初めてだった。

サーカス団はいろんなところへ行った。団員の話では世界中を周ったらしい。大きな町、小さな村。砂漠の土地、海の国。私が生きてきた場所とはぜんぜん違うんだな。話を聞きながら、檻の中から外を想像した。この先どんなに暑くなっても、地面が溶ける所もあれば溶けない所もきっとあるはずだ。次第にそう確信するようになり、私はうれしくなった。

団員たちが、びしょ濡れでテントに帰ってきた、あの日。海が近いことは、その土地に来た時からにおいでわかっていた。彼らは、お互い声を弾ませながら、いろんなことを話すのだ。太陽の強さや、女の明るさ。人間も、海が好きなのか。だけど、私がいたところの海は彼らには寒すぎて、好きにはなってもらえないだろうな。目をつぶると、冷たい白い地面の上でごろりと寝転がることができた。

波に乗る人がいる、と話しているのを聞いたとき、白い世界はぱちんと消えた。波に乗ることができるなんて！　その芸を身につけて、みんなに教えよう。今いる地面が溶けて無くなったら、動物たちはいっせいに波に乗り、新しい土地を目指すのだ。これでみんなは助かる。玉になんぞ乗っている場合ではない。早く海に行かなければ。

ショーの時間が近づき、いつものように檻から出された。私は、みんなの目を盗み、出口へと向かった。あともう数歩、というところだ。待て、と叫び声がした。あの道化師が、赤鼻をつけてこちらへ黒い棒を向けていた。捕まったあのときに、見覚えがある。また痛みとともに、私は気を失ってしまう。悲しくなった。

ニセ団長だ。彼が私の前に立った。私がとっさに走りだすと、あの大きな音がした。だが、私はなんともなかった。倒れたのは、ニセ団長だった。道化師は、あっけにとられて黒い棒を落とした。ニセ団長は、倒れたまま、微笑んで泣きそうな目をして、うなずいた。行ってはいけない気がした。

だが、彼は、またうなずいた。

私は捕まって以来、初めて外の世界を見た。想像よりもっともっと暑く、美しかった。この日、私には、はっきりわかった。あのニセ団長こそが、本当の団長なのだと。

みんなは、まだ生きているだろうか。もしこの暑さがここだけのものでないなら、どうしよう、今頃あっちの地面は大変だ。砂浜に足を踏み入れた瞬間、私は不安になった。焼けた砂は痛い。太陽も、近い。けれども不安は、遠くの波に消えた。流氷のように、波の上をすべる人間たち。あの波に。私は砂が痛いことを忘れた。

海の人間は、何もつけていないし、何かを演じてもいない。誰も、私に芸を教えようともしない。ざざあっと、走り去っていった。妙な形の板が目の前に残る。大きな波が目に入る。ひとまず、やってみよう。人間を真似て、海へ入ってみた。

波は、私を待っていた。体を抱え持ち上げ、私を天に運ぼうとした。白いしぶきを尖らせて、バランスをとれと命じた。板の上に立つと、何倍も高いところにいるように感じて、ぐらりと落ちそうになる。足の裏でつかめ。私は、いつものようにやった。どこへ行く？　どこへでも。そのときから、波の言葉がわかるようになった。

私を捕まえる人間と、私を恐れる人間は、同じ言葉を話すのだろうか。遠巻きに私を見に来るのに、誰も話しかけてはこない。ひょっとしてこの海の人間は、言葉を話さないのかな。そんなことより、もっと大きいやつが向こうで待ってる。だから早く。波にせかされて、私は一つまた一つと大波に出会っては、上手に乗りたくて練習をした。

少しひねくれた中くらいの波が、何かをつぶやいた。だが私は聞き損ねた。気がつくと板は私の上にあり、波は私を呑み込んだ。浜の手前で私はやっと吐き出されたアザラシがやっていたように、そのままごろん。さざめく空をしばらく見ていた。すると太陽がもう一つ現れた。人間の笑顔だった。私が最初に出会った、人間の女性。それが、彼女だった。

人間は、言葉で教えたがる。いったい、本当にそんなことはできるのだろうか。ただ、やって見せる。それを勝手に真似る。それだけのことしか、私にはよくわからない。私が波に乗り、浜に戻る。板を抱えて見ていた彼女が、今度は同じ場所まで行っては、立ち上がり、波に乗ろうとする。転げ落ちておぼれそうになっては、彼女は浜まで戻ってくる。私はそれを見ている。それから、また私は海へ出て行く。波が寄せて返すたびに、私と彼女はそんなことを繰り返し続けた。

朝が来るたびに、彼女は浜にいた。月明かりの夜も、彼女は浜にいた。私の波乗りを見ている間も、彼女は笑っていた。自分が波にうまく乗れなくても、いつも彼女は笑っていた。そんな彼女を、波が嫌いなはずはない。

彼女は、前の日よりも、沖へ行き、ずっと大きな波をすべり、息が乱れることもなく浜へ帰ってきた。私のそばに寝転がると、板を抱きしめたり、足をばたばた振ったりしては、一層顔を輝かせて、空に向かって笑った。私と同じくらい、ひょっとするとそれ以上に、彼女は上手に波と話ができるようになった。

月の丸さに見とれて、私は一人で浜に座り込んでいた。

太陽の笑顔で、彼女がそばに座っていた。

ありがとう。沖の先を見たまま、たぶん私にそういった。私は別に何もしてやっていないと思った。

私の腕に寄りかかって、彼女は目をつぶっていた。それから、今日波とどんなことを話したのか、語り始めた。

十年に一度、それくらい大きな大きな波がやってくるって。雲に水しぶきがかかりそうなくらいの波。それに、あなたと一緒に乗りたいの。できるだけ近くで、乗りたいの。危ないっていうなら、少し離れた場所でもいいけれど。本当は、波の頂上で、手をつなぎたいくらい。もしあなたが板から落ちそうになったら、私の板につかまって。私が板から落ちそうになったら、あなたの板につかまるわ。ふたりとも落ちそうになったら、お互いの体につかまって、離れないようにするの。あなたと一緒なら、ぜんぜん怖くないもの。きっと、私たちだけの、最高の波乗りになると思う。

彼女が、私の腕をぎゅっと抱きしめた。のは、いったいどんな意味があったのだろう。私は、彼女の顔を見ようとした。だが、まぶしくて、できなかった。月夜だというのに。思わず、長い髪の毛を手で触った。ありがとう。彼女はまた言った。

誤解してはいけない。人間は、どうして頭の毛だけがこんなに長いのだろう？　ずっと不思議だったから、つい触ったのだ。もちろん、それだけのことだ。

朝から昼のようだった。それまで吸ったことのない、あの日の風。暑さに慣れたつもりになっていたが、あれはたまらなかった。

海へ飛び込むと、少し生き返る。深くもぐると、私の好きな魚が泳いでいた。後で食べよう。ついでに、そいつを捕まえた。

水中の生き物たちが、すべて一瞬でどこかへ消えた。地震だと思った。だが、それは違った。空と海の間から、立ちのぼる雲のように波が押し寄せてくる。

来た。

急いで浜に戻る私を、彼女は待っていた。彼女のほうが先に、飛び出した。この波に乗ることができたら。私が生きていたあの場所へ帰ろう。きっと、みんなにうまく教えられるはずだ。でも彼女は人間だから、寒いのは嫌いかな。波打ち泡立って、いろんな思いが次々やってくる。

私たちが向かっていくにつれて、波は加速し、みるみる成長してそれ以上に近づいてくる。いま、世界中の水がここに吸い上げられているに違いない。

氷河よりも大きな波だ。

鳥は、ふたりのことを新しい動物だと思ったかもしれない。波は、出会いを祝福して勢いよく私たちを吸い上げかなたまで抱き上げた。私たちは、波の上を飛んでいた。音は、何も聞こえない。彼女は、波がつくる輪と追いかけっこをしながら、彼らの言葉や合唱を聴いていた。

彼女が滑りながら、近づいてきた。手を伸ばしてきた。最初に会ったときと同じ笑顔で、私を見つめながら。まぶしくて、やっぱりちゃんと見られない。それでも、私は手を伸ばし少しずつ近づいた。彼女の指先が触れた。そのとき、突然、いなくなった。板を追いかけるように、彼女は空へと舞い上がった。波は彼女を空から取り返そうと、一気に飲み込んだ。彼女の板が雪のように粉々に砕けて、私の上に降り注いだ。

なぜ私は、ちゃんと彼女をつかまなかったのだろう。その瞬間に飛び込めば、抱きとめることができたかもしれないのに。

そのあとのことを、私は覚えていない。目を開けると、そこは浜から少し離れた岩場だった。私の板は、岩に打ち付けられて先がばっくりと割れていた。それを見て、急に足が痛む。私の後ろ足も、片方が折れ、割れていた。彼女はどこへ行ったのだろう。動かなくなった足を引きずりながらあちこち歩いたが、見つからなかった。海に集まる人間たちも彼女を探したが、見つからなかった。それきり、生きている彼女も、そうでない彼女も、見つけることはできなかった。

悪い人間がいなくても、悪いことはおこる。それが、この世界なんだ。

私は、誰にも見つからない、ここへ来た。人間たちは、あの日のことも彼女のことも、忘れていっただろう。たぶん、私のことも、もう、忘れただろう。

大切な人間を失った白くまの気持ちなんて、世界中の誰にもわからない。私にさえ、もう、自分が何なのかすらわからなくなった。

結局、私は誰も救うことができなかった。いまとなっては、生きていたあの白い世界へ戻ることもできない。戻れたとしても、動物たちには、私が何者かわからないだろう。


レディ、もうお行き。君には帰るところがあるだろうから。

白くまは、眠ってしまった少女を見て、うれしかった。空と海も仲直りをしようとしている。雨も、じきにやむだろう。

少女は目を開けても、まだぼうっとしたまま、ゆるゆると立ち上がり、洞窟を後にした。白くまは、波打ち際を歩く少女の後姿が赤い点になっても、まだじっと見つめていた。

空から降りてきたのか、海が突き上げたのか。突然、大きな波が現れ、その赤い点を飲み込み、海へと引きずり込んだ。赤い点はあっという間に沖へ運ばれたかと思うと、波頭にもてあそばれている。波間に現れては消えしているその赤い点は、やがて見えなくなるだろう。

白くまは立ち上がると、壊れた板を抱えて、足を引きずりながら信じられない速さで、その赤い点を目指した。

波は仲間を呼び寄せ、白くまを行かせまいと邪魔をする。その攻撃をたくみにかわすと、白くまは目指す波に到達した。

大波は白くまも飲み込んでしまおうとさらに勢いを増し荒れ狂った。白くまは板にしがみつきながら赤を探した。

水中にかすかな赤い色を見つけた。目を凝らすと、両手をばたつかせて、目をつぶり口をあけ、顔をゆがませた少女がいる。白くまは板の上から水中に飛び込んだ。少女を抱え上げると板の上に乗せ、自分と板をつなぐロープを噛み切る。少女を乗せた板を浜めがけて、最後の力で押しだした。

赤い色は海を滑りながら浜へ届いたが、白い色は波の中へと消えていった。

彼女が目を開くと、海は波一つなく、眠ったように静かだった。太陽もおだやかに、きらきらと子守唄を歌っている。体を起こし、水を吐き出すと、だいぶん楽になった。

海を見て、彼女ははっとした。一面、真っ白な雪に覆われている。彼が言っていた、流氷？　でもまさかこんなところに。彼女は波打ち際へと近づいた。

真っ白な、毛であった。見覚えのある色のそれが、見渡す限りの水面を覆いつくしていた。

彼女は、しばらくじっと海を見つめ、それから空を見上げると、笑顔を見せた。抱きしめるように、海へと飛び込んでいった。彼女は、自分が泳げることをもう知っていたから。

世界のすべての場所で、雪が降る。そして、その雪は、ずっとずっと降り続けるだろう。

（おわり）

武人と髑髏

人が生まれたその日から、天下にいくさが絶えたためしはない。

いま、ひとりの武人が敵城に攻め入り、主の首をめがけて頂に足を踏み入れようとしていた。

自らは主を持たず家来も持たず、ただ剣と生きぶりを磨くために諸国をさすらい、これはと定めた将の元を訪れては一時《ひととき》仕えていくさに参ずるという日々を続けている。

この男がいま味方する国は、血で血を洗う隣国とのいくさを繰り返し、その雌雄はまさに決しようとしていた。

次々と敵をなぎ倒し、城主が控えるであろう一郭へ飛び込むと、男は思わず息を呑んだ。

取り巻きの兵どもはすでに倒れ、広間いっぱいにその屍が埋め尽くされているではないか。奥に座る将の息も、すでに細い。

自分が一番乗りのはず。

城の主は近づく男の目を見て何か声を上げ、まもなく息を引き取った。

もはやこの城に用はない。振り返ると、そこは火の海であった。先に味方が放った炎は、敵はおろか味方の意にまでも反するほどに足早に広がり、ついに城を飲み込み焼き尽くそうとしている。

もとより主従の縁は薄い。見捨てられたのであろう。下を見れば味方の将も兵も慌てふためきすでに引き始めて、焼けつくされた後、再び敵将の首を捜しに来る腹積もりに違いない。

もはやこれまでかと観念した男は、刈った首を放り投げ、その場に座り込んだ。

せめて首を取った男はこの俺だと証を立てて果てたいと思ったが、すべて焼けてしまえばそれもかなわぬ。そう悟った刹那から、自分の未練が急に可笑しくなってきた。この世から去った後に誉がどうなろうと、この自分の知るところではない。さらにはどの国が天下を取りどの国が消えようが、遠い地の豊凶よりもまったく関わりのないことだ。

思えば武の道に生きたのは、名を上げるためでも栄達のためでもない。ただ自らがどこまでなしえるかを極めたかったからである。にもかかわらず、まるで初めての魚釣りで逃した獲物を悔しがる子供とかわらぬほどあたふたとした。もはや命も尽きようというときでさえ。

男はさらに大声で笑った。腹の底から笑った。


よい笑い声ですな。


ごうという炎の声の他に、はっきりと別の声が聞こえる。意識を曇らせながらも、声の方へ顔を向けると、不思議なものを見た。

この暑さと煙で頭が参ったか、あるいはくたばりかけているわが目と耳が狂ったか。目の前に転がっているしゃれこうべが、カタカタとあごを動かしている。

頭も目も耳も狂ってはおりません。ですが炎の中にたたずむのは正気の沙汰ではございますまい。いずれにしろ間もなく、我等どちらも焼かれてしまうのは紛れもない事実でございます。

化け物。何の用か。

お見受けしたところ、腕も確かで才気もあふれる立派な武人でありながら、運に恵まれず主君にも家来にも恵まれず、いよいよとばかりに腹を据えておいでのご様子。ですが、未だあなたさまの五体はいかほども衰えてはおりません。

何が言いたい。

あなたさまは丈夫な手足をお持ち。だが、この炎からの逃げ道を知らず。

私はご覧の通りのしゃれこうべ。扉を開く腕も駆け下りる足も持ち合わせておりません。しかしながら、この城の抜け道を知っております。まだ、命運尽きずと言うか。

我等が手を携えれば。

男はさっとしゃれこうべを懐へ入れるやいなや、立ち上がった。

お前の話は長い。早く案内せよ。

しゃれこうべが右といえば右、左といえば左。暗く細い筒のごとき抜け穴を這い、男は炎と煙から逃げ切りついに城から外へと夜空の下、落としかけた命を拾ったとばかりに走り抜けた。

月明かりの森、背中で城が崩れる音を聞きつつ、男は気を落ち着かせこの日の一部始終を思い返した。そっと懐に手を当ててみれば、やはりあれがいる。

こうしていまここにいるのも、あなたさまのお陰。

懐の布が不気味に動くこと、声がすることにたじろがないではなかったが、それを圧して余りある怜悧《れいり》さと胆力が備わっていた。

お前は何者だ。なぜあの抜け道を知っておった。

私はあの城の主が命尽きるまで、誰よりもおそばでお仕えしていた者。あの方の知ることで私の知らぬことは何一つ無いと申し上げてもいいほどでございます。その上、そもそもあの城の抜け道をこしらえるよう進言し、絵図を描いたのも他ならぬ私めにて、道筋をお伝えするのは手足を動かすよりたやすきことでございます。

あの暗がりで道筋が見えたと言うか。

お戯れを。私にはもとより眼がございません。暗がりであろうが光の下であろうが同じこと、人の眼のごとく見えぬほうが、却って見えるものも多いと心得ます。

では、あれほど右往左往し入り組んだ道の成り行きをすらすらと諳《そら》んじられるとは、お前はそれほど賢いと言うか。

いやはや、答えを知っていてお尋ねになるそのお振る舞い、やはり私の睨んだとおりのお方でございます。もとより私には脳がございません。人の脳のごとく諳んじぬほうが却って虚空に吸い込んでしまうがゆえ、知るところ多いものと心得ます。

では、そもそもお前がのどを持たぬのにそうして俺に話しかけるのを、なぜとは問うまい。だが、まだ最初の問いに答えておらん。

何でございましたでしょう。

とぼけるか。

それが実は私めにも、皆目見当がつきかねるのでございます。気がつけばこの有様、人にもあらず霊にもあらず、さりとて動物でもなし。化け物といえばそれまででありましょうが、それにしては芸がない。それゆえ自らも何というべきか分からず、今の今までおります。

口の減らぬやつだ。だが、もういい。お前の望みどおり城を抜け出せたのだ。これで別れだ。また誰かに仕えてどこへなりとも行くがいい。

まだ抜け出せてはおりませぬ。

男は、その意味をすぐに察した。将落ちたりとはいえ、ここはいまだ敵国である。残党の兵はここかしこに散らばり、近くに潜んでいることも間違いない。遠方ではいまだ敗北を知らず、いくさを続けているはずである。いや、それよりも恐れるべきは武器を持たぬ民であろう。敵の兵を見て何もせぬほど、やさしくもなければお人よしでもない。

味方の陣まで向かおうにも、それも危ういことは同じである。もし運よくたどり着けたとしても、快く迎えてくれるという証はまったくない。一旦生きて帰ったことを訝《いぶか》られるならば、次には敵に寝返ったうえに、討ちに来たのではという疑念を持たれ、ついにそこでの疑念は男を殺す刃《やいば》となるであろう。

この地上に、味方はいない。

それは、傍目には独り言にしか思えなかったであろう。

お前は、どこへ行きたいのだ。

どこへなりとも。ご主人に仕え、主人の意のままに西へ東へ行くのが習い性。

俺は、家来は持たぬぞ。

では、持ったとお思いなさるな。いくらあなたさまでも一切合財何も持たぬ訳にはまいりますまい。それが証拠に、ほれ、影法師はいつでもぴりとついて離れませぬ。私めをその程度のものと心得てくださりませ。それでもこちらはあなたさまをご主人と呼びましょう。それが私の性であるからには。

髑髏《どくろ》だ。俺はお前をそう呼ぶ。

よろしゅうございます、ご主人様。

まずは、この国を無事生きて出たい。できるか。

手を携えれば。

自分が登ったあの高みはすでに煙の城へと姿を変え、夜空の星へ星へとさらに一千里のかなたに遠のいた。それは、武人の新たないくさを知らせる狼煙《のろし》であった。

右か、左か。

川か、森か、でございます。

では、森を抜けよう。

お待ちくださいませ。森はこの先さらに深くなり、人食いの獣が舌なめずりをして待っております。

だが、川沿いでは目立ちすぎる。俺はよそ者、しかも敵方の兵だ。土地の者には、遠目でもすぐに分かってしまうぞ。

ご覧の通り、間もなく雨が降りましょう。この川はわずかの雨でも水かさが増し、わずかの油断でそばにおる者はみな流されてまいりました。それゆえ、ああして堤をはり、それでも大水ともなればひとたまりもございません。こんなときにこの川の見えるそばまで近づく者など、阿呆とよそ者以外あろうはずもございません。

水があふれたら我等も無事では済むまい。

今日の雨はさほどにあらず。とはいえ、もしや、と思うのは人の常。一度知った恐ろしさは何倍にも膨れあがり、人の心に居座るもののようでございます。それが何度もということになれば、それはいかばかりか察しられましょう。


話を聞き終わる前に、男は右を向き歩き出していた。選ぶ道がないのなら、残った道を行くしかない。

身を隠しながらゆっくり進むこともできた。だが、男は堤の一番高いところを、せっせと大股で歩いた。そのさまはあまりに堂々と自然であったので、たとえ誰かが目にしても敵の落ち延びた兵とは決して見て取らなかっただろう。

案の定、雨が降り出した。だが、男は特に気にするでもなく、休むでもなく、ただ黙々と歩を進めた。

ご主人様、そういえば、お会いしてよりまだ一度も何も口にされておりませんな。

なぜそう問う。

腹は減りませぬか。

お前は腹が減ったのか。

まさか、私めは減る腹がございません。ですがご主人様とて人の子、何も喰わなければじき倒れましょう。

少々喰わずとも平気だ。

ここは魚の棲み処《すみか》。喰えるうちに腹ごしらえをしておくのが賢明かと。

だが見てみよ。この雨で水が濁ってどこに何がおるか分からぬ。

私めが獲ってまいりましょう。水へ放って御覧なさいませ。

なに、放れと。

いたずら小僧のように、にやりと笑うと、男は髑髏を取り出し、川面にぽいと投げ入れた。ぶくりと沈んで見えなくなった。しばらくすぎると、かわりに、幾百という魚が一斉にわっと浮き上がってきた。一匹たりとも、もうぴくりとも動いていない。

男が呆気《あっけ》にとられていると、やっと髑髏は浮かび上がってきた。

さあ、お好きなだけお取りなさいませ。

こんなに喰えるはずがなかろう。

男は少し顔色を変えた。

なるほど、心得ましょう。

流れがよどんだ一角の泥水を、ぷかりぷかりと浮かびながら、髑髏は
あごを動かした。
男は、息をしなくなった魚どもで埋まった水面を見つめて、しばらくそ
の場に立ち尽くした。

この川はどこまで続いておる。

国境を越え、隣国までも伸びております。

では、この堤はどうか。

国境の手前までで途切れております。というのも、その一角はこれまで大水のたびに、何度も崩れては直しを繰り返してまいりました。この国も隣国もご存知の通り互いにいくさ続きで、それはご主人様がおられた国と変わりませぬ。それゆえ、ここに来ていよいよ男手もなく堤を仕上げる余裕もなくなったうえ、おまけにそこいら一帯は、ちょうどもっとも激しき

いくさ場となっております。いまは急場しのぎの板と石積みを廻らしておるはず。

そこは避けねばならぬな。

大水の恐れはございませんが。

いや。雨が上がり何事もないことが分かれば、再びいくさが始まろう。

お言葉ですが、城が落ち敗れ、もはや主もなきこと、すでに伝令が伝えておるはず、いくさにはなりますまい。

伝令は来ぬ。

なんと。

俺がすべて捕らえた。城へ入る前に。将の命だ。いくさに負け、主を失ったということを知らなければ、兵たちはどうすると思う。

これまでどおり戦いましょうな。

俺がおった国にしてみれば、一つの国を落としてもまだもう一つの国が残っておる。勝手に敵同士が戦って、力を使ってくれたほうが好都合というものであろう。

恐ろしくも賢き方でございますな、あなたさまの主君とは。

もう主でもなければ家来でもない。その主様のおかげで、我等はここより迂回せねばならぬしな。

やはりそれは考えもの。国境は大きく離れ、あまりに遠回りとなります。いずれを選べど危うき道であることは変わらぬようでございます。

そうか。

男は一言そういうと、歩きながら一点を見つめ、そして意を決し顔を上げた。

よし、このまま川沿いを行く。

理由を聞いてよろしゅうございますか。

考えてもみよ。敵と敵が争ういくさ場の、しかも敵陣へよそからたった一人で乗り込み割って入るおろかな兵がいると思うか。

まさか。

だから行くのだ。合戦に乗じてこの国の兵に成りすまし、そのまま国を越え、ついでまたも隣国の兵になりすます。このような考え、愚か過ぎて誰も気づくまい。うまくいくかも知れぬ。

大胆不敵とは、まさしくこのことでございます。

髑髏は、笑っているように見えた。

川の流れは速さを増し、急げ急げと男をせかす。

あそこに小さく見えるのが、こちら方の陣でございます。

その声を聞くと、男は川沿いをすっと離れずんずん目指す平野へ進んでいった。

髑髏が忠告する暇もなく、男は仕事をした。気がつくと番兵に成り代わって何食わぬ顔で陣を守っている。

いくさが再び始まったら、紛れてまた川の袂《たもと》へ戻る。一気に国を越えてしまうぞ。

雨脚が弱まり、いくさのにおいが戻った。兵どもはひとつの生き物のごとく、隊をつくり形を変え、前へ前へといくさ場を目指し、今日こそは相手を攻め滅ぼそうという圧を放って動き始めた。

二つの水の流れが相対し、互いに吸い付き一つの流れとなる。大群はぶつかり合い虚しい合戦が始まった。

敵に斬られず味方に悟られず、剣と槍の波間を抜け、男はまんまといくさ場から後ずさりし、脱兎のごとく目の前の約束の場所へと走り去った。息を弾ませ川水で頭を冷やすと、そのまま座り込む。すると、男の懐が動いた。

お見事でございます。ですが、まだ国を越えてはおりません。油断めさるな。

分かっておる。あせるな。

男は自分の行く末を考えた。国境を越えたら、次にはまたそこの国の兵になる算段をしなければならない。だが、さらにその国境を越え、先はどうする。元いた国には戻れぬ。では、身を隠しさすらい、ほとぼりが冷めた後どこかの国でまたいくさをし、そうして仕舞いまで諸国を渡り歩くか。それとも、どことも知らぬ遠い地をめざし、いくさのない国をあてなく探しに行くか。

この川のように、何の憂いもなく思うままに流れて行ければいいが。行けましょう。我等を捕らえることも殺すことも、誰にもできませぬ。

髑髏にそう言われると、なぜか本当にそんな気がしてくる。立ち上がったとき、不思議と男には欲も怖気《おじけ》もなかった。

なるほど。いかに高い堤を築いても、ああして途切れては甲斐もあるまいに。

盛り上がった土の峰は、中途で打ち捨てられたといわんばかりに突然終わっている。先は石積みと木で幾重にも塞がれてはいるが、水に押し込まれいずれ瓦解《がかい》するであろうことは容易に思い浮かべることができた。そのさまに目を奪われていたためであろう、歩み進む男は、それよりもっとこの場所に似つかわしくないものを自らの目前にするまでに、迂闊《うかつ》にもまったく気づかなかった。

小さな木箱がぽつりと、男の行く手をふさいでいる。あたりに殺気はない。が、何かが妙だ。またも、髑髏は異を唱える隙を逸した。ためらいもなく、男は近づくと箱を開けた。

赤子は、眠っていた。

産まれたばかりであろうに、この世を見る前にあの世へ旅立とうとしている。

このようなところに。国も世もなく、まったく酷いことだ。

男は赤子を片手に抱え上げると、また歩き出した。


ご主人様。

もう国境は目の前だ。寄り道せぬから安心しろ。

おやめになられるのが身のためです。

なに、越えるなと。

そうではございません。その赤子でございます。連れていけませぬ。

なぜだ。見殺しにしろと言うか。

あなたさまがいま救い出し生き延びさせようとなされば、いずれその赤子は必ずや災いの種となりましょう。放って行かれるがよろしゅうございます。いくさ場では非情なまでに敵を切り捨て打ち倒すであろうあなたさまが、そのような小さき赤子一人を見逃せぬとは、捨てられた子に故あって感ずるところがおありでしょうか。

何もない。訊くな。

赤子を抱えた男が国境に近づくその一方では、ひと目ずらせば修羅場がある。局地の形勢不利となれば、並みの兵なら命が惜しい。もうひとつの自らの姿を忌み嫌って屍《しかばね》を踏みつけにしながら、兵たちがあちらこちら敗走するのも常である。

川の袂の堤の終わり、ひとりの兵が国境に走りついたのも、無我夢中の成れの果てであったに違いない。

味方の兵が堤の上に見えた。それだけであれば、声をかけたかもしれない。だが、あの兵は赤子を抱いて歩いているではないか。

怪しい。気味が悪い。訳の分からぬものがこみ上げてきて、兵はとっさにこの場を離れようと背を向けた。

ご主人様、ご覧になられましたか。

まずい。陣へとって返して知らせにいったかもしれん。

このいくさのどさくさはあちらにも好都合。隣国まで入り込んででも我等を追い詰め捕らえようとするに相違ありません。やはり、赤子は災いでございます。

だが、この俺を何と思ったか。よもや敵の諜者とは見なすまい。

それゆえなお、危のうございます。人が最も恐れ忌み嫌うものは己に解せぬということ。こちらの思い寄らぬ勘繰りもしかねぬと心得、構えねばなりますまい。

いま俺が追えば、飛んで火にいることになる。髑髏、策はあるか。

ご主人様、堤でございます。

堤をどうする。

あの石積みを壊すがよろしゅうございます。水はまさに溢れんとしております。歯止めを失った勢いは必ずやあの男を追いつき追い越しましょう。
なんと、水攻めとは。だがそんなことをすれば尋常ではすまぬぞ。あの男はおろかあのいくさ場を、いや、村々をも水が襲うことになるではないか。
もはや手加減をしている隙はありませぬ、ご主人様。

業には逆らえぬものである。いくさには、ここで敵を叩かねばという勘所がある。あまたの殺生を潜り抜けてきた武人の血は、今がそのときと教えている。魚は泳ぎ、鳥は羽ばたく。男はついに堤の急所をついた。

再び申し上げます。赤子を置いていきなされませ。

今度は男もさすがに逆らえなかった。やや離れた、まさに国と国の境にある高台へ上ると、枝振りのよい大木を見定めて登り、枝股に下からもはっきり目立つよう赤子をそっと置いた。これで獣に食われることも溺れることもないであろう。

男が境を越えた頃、堤が決壊した川の流れは水を溢れさせ、大水となり大地を呑み込み、ついに接する村という村は水中に没した。敵も味方も、兵も将も、そうでない民も、分け隔てはない。ことごとく流され、消えていった。


川を逸れ小山を登り、下り、林を抜けると、国一面が見渡せる草原であった。大地の色も違えば風の匂いも違う。他国とはいえ一難去ってわずかに安堵したかと自らを省みたが、それだけではないことに男は気づいた。

思えば、この国はいくさが強い。土地を敵に踏み荒らされておらぬのだな。

いかにも、他国とのいくさでは未だ大敗を喫したことはございません。先にご主人様がおいでであった国とのいくさでも、その力は伯仲し一進一退、睨み合いとなり国境では小競り合いこそあれ、均衡崩れず仮初めの平穏が続いております。

俺がこの国への遠征に参じた折にも、そう、相手の兵はいかにも勇猛であった。片腕を斬られてももう一方の腕で斬りかかり、矢で目を衝かれても血を流しながら向かってきたものだ。どの兵も、手傷を負ってもいささかもひるまず、血気ますます盛んであった。

私が仕えていた主君も、その強さを敵ながら誉めておりました。わが国の兵もあのように勝れておればと、いくさの度に申す始末。

だが、いくさは兵だけでは勝てぬ。

国をあまねく平らかに保つことはなおさらでございます。

この穏やかな風光だ。乱れはないのであろうな。

国も景色も、遠目で見るのと近目で見るのは、やはり別物というものではございますまいか。

分かっておる。天界極楽ではあるまいし。だが、一時でも、いくさが無い土地はよいものであろうが。

絶えずいくさを求めて渡り歩かれたあなたさまが、そうして羨《うらや》むとは、どうした風の吹き回し。

からかうな。人並みを言ったまでだ。羨んだ訳ではない。


人目につかぬ木陰で一眠りした後、男は目を覚まし、改めて自らの身なりに目をやった。

さて、今度はまさかこのままでは麓へは降りられぬであろうな。

無論でございます。わが国の陣へ向かったときとは話が違います。

髑髏は、再び大胆に出られては困るとばかりに慌てて諫めた。

先のごとく、いくさ場の中で、しかもこれから出陣という慌しき時分ならいざ知らず、こうした落ち着き払ったいくさもしておらぬ兵の屯するところへ敵国の兵がのこのことたった一人で目の前に現れた日には、命を取るのも忘れて笑いものにし、ご主人様はといえば末代までの恥となりましょう。

この先に、この国の兵たちは陣取っているのだな。

城を遠巻きに人の壁となり守る兵の大陣の最前が、ここからもそう遠くないこと、私めの知るところ間違いございません。少し歩けばすぐに正否も分かるほどに。

敵の兵に成りすますには、そこまで行かねばならん。だが、この身なりでそこまで歩いて行く訳にはいかぬ。

堂々巡りでございます。いっそのこと、こちらへおびき寄せてはいかがかと。

それはうまくない。一人二人ならまだしも、何人引き連れてくるか分かったものではない。

風が吹き、草のなびく音がはるか遠くまで響きわたり、大地に青い光の波が走り抜けていった。

男は、遠い目をし、次いで目の前の草を引き抜いてじっと見つめた。

いかがなされましたか。

歩いて行けぬのなら、這って行くしかあるまい。この草の背丈を見よ。

見渡す限りだ。這って行けば、丁度こいつらが我等の姿を隠してくれる。いずれ陣に着けるであろう。

気の長い話でございます。

音を上げればそこが俺の墓場になる。

ですが、無謀をするよりは、はるかに利巧かと存じます。

利巧でなくともよい。だが、無謀はせぬ。


男は見晴らしのよい丘へ出ると、しゃがみこんだ。腹ばいになり、ひじとひざを交互に出し、腕と足を曲げ伸ばしして草を掻き分けながら、一歩一歩前進し始めた。そのさまは、珍しい尺取虫か、いもりのようであった。

歩いて行けば幾日もかからぬであろう道のりは、遥か彼方に思われた。

腕も足も、いや、体のすべてが鈍い痛みに襲われ、ひじを曲げ前へ一つ出すたびに、男はじわりじわりと苦しめられた。

痛みと疲れに耐えかねると、うつぶせていた体を返して天を仰ぎ、しばらく休む。そうしてまたうつぶせると、そのまま前へ進む。

わずかに顔を上げれば、少し以前からすでに目指す陣は見えている。だが進んでも進んでも、その地は先とまったく同じ小ささで、ぽちと目に入るに過ぎない。見晴らしのよさがかえって恨めしくなり、なおさら痛みを不快にさせる。

土の上を這うものは、何も男だけではない。蟻《あり》、蚯蚓《みみず》はもちろん、毒虫、毒蛇、山犬、土竜《もぐら》、ありとあらゆるものに出くわした。虫は男の体を歩き回り、鷹は男の上を飛び過ぎる。連中は、男が動くたびに不快に追い討ちをかけ、苦痛を押し広げ割って入った。

この俺は、一体何をしているのか。男は胸の内で思わず問うた。この国を生きて抜け出すため、それは分かっている。だが、剣に生き武を貫くと決めたその日から、覚悟はできていたはず。胸に手を当ててみても、もとより命を失うことを恐れ惜しむなどという気持ちは微塵も無い。

いや、むしろくたばり損ない、日が経つほどに、潔くも清々しくきっぱりと悟った気持ちがいよいよ身についてきた。

では、今こうして地べたを這いつくばっているのは誰だというのか。

俺はまだ絶命したくないのか。それともしてもよいのか。

俺は生きたいのか。それとも生きたいと思っておらぬのか。

体の痛みが心の刃となり、その刃と戦う心の槍が、体の傷ひとつひとつに刺さり、男を悩ませた。

耐えかねた男は、ついに突っ伏したまま動きを止めた。腹の下で、髑髏が口を開いた。

そこまでの苦しみよう、先ほどから見るに耐えかねておりました。どうぞしばらくはお休みくださいませ。

もういかん。一歩も動けぬ。

時が経てば、復しましょうぞ。

ここで寝ておれば、じき犬にでも食われてしまうかもしれんが、それも運。許せ髑髏。

ご主人様がここでおやめになるというのなら、それも結構でございます。それならばそれで、天と地の巡りあわせでございましょう。

男は地面に顔をつけ、何とはなしに、じっと見つめた。

土の上には、実に驚くほどの命があちこちに蠢《うごめ》いている。蟻は体の何倍もの大きさの荷物を背負い、延々と隊列をつくり歩き続けている。そばでは、百足《むかで》と蠍《さそり》が相争い、互いの武器を駆使して戦っている。

草の根元から目でたどれば、あぶら虫が滋養を得んと無数にたかり、すぐ上で天道虫《てんとうむし》が獲物を待ち構え、空を支配する鳥たちは、食いつくせぬと喜びの舞を繰り返す。

俺は、こいつらと共にいる。男は、なにやら可笑しくなって、久しぶりに青空に向かって笑い声を上げた。

体の痛みは相変わらずだが、言いようの無い迷いはすでに消えていた。俺にはやれることがあるらしい。それをやるのみだ。

心が晴れ、頭の靄《もや》が去った。すると、急に男は体を起こし、はっとして懐を見た。

毒虫も、毒蛇も、この俺の体を数え切れぬほど這いまわって行ったが、一度たりとも噛み付いて来ぬ。獣の姿も幾度も見たが、俺をじっと見て立ち止まり、一向に襲ってこなかった。明日の日和はいかがなものかと、顎を上げ遠くの空に聞くそぶりをしてみせておった。おい、髑髏よ、これは一体どうしたことだ。

理由は知りませぬが、なにやらみな気味悪がって、私を避けて通るようでございます。

なんだ、お前は虫除け獣除けもやるのか。

男は呆れ調子で髑髏を茶化した。

私めは生き物によほど嫌がられておるようでございますな。

まったく重宝なことだ。

ひとしきり軽口を叩き合い、男はうつ伏せになると、また同じ体勢をとり敵陣を目指した。だが、顔つきは、先程までとはまったく違っていた。

目指す場所を求めて地平を見れば、遥か遠くを思い知る。明日を目指して這い進めば、今日の長きを体が刻む。今、ただ今と、明日が姿を変えた今日という目の前の群れを斬って捨て、後ろへ追いやり、昨日にするよりほかは無い。男は草の海原に一本の線を描きながら、一歩一歩と確実に進んでいった。

男は己がずっと逃げていることも、これから敵陣へ向かおうとしていることも、全身が痛みと苦しみをまとっていることも、そして人であることさえも次第に忘れ、ただこの行軍を続け、半ば楽しむようになっていた。

幾日過ぎたであろう。今日もまた、勝手知ったる仕事とばかり、体を曲げ這い進んだ。そのさまは、蛇も仲間と思ったに違いない。すると、少し先から人の声や馬の蹄の音が響き、聞きなれた鉄と鉄のぶつかる音が耳に入ってきた。この国の最前列で、守りを固める陣の鼻先が目前であった。

着いてしまうと呆気ないものである。

ご主人様、念のために申し上げますが、目指す地に到着いたしました。

あ、ああ。そうだな。

よもやとは思いますが、行過ぎぬようなさいませ。

まったくだ。俺はここへ来たかったのだな。

さて、まず普通であれば、見張りの兵が目に入るはずだが。敵が入り込み国を侵さぬよう遠くを見回り動き回っておるに違いない。髑髏、見つけられるか。

見つけることはできましょう。ですが、その前に。

なんだ。

立てぬかと存じますが。

それはそうだろう。今ここで立ち上がれば丸見えだ。

そうではございません。

何が言いたい。

試してみなされ。

立ってみろと言うか。馬鹿なことを。

試してみなされ。

男は怪訝《けげん》そうに腰を上げようとした。だが、地べたに吸いつけられたか岩になったか、腰はおろか全身がまったく持ち上がらない。


参った。言うことをきかぬぞ。

これほどの長い時を無茶な姿勢で体を苛めてこられたからには、言うことをきかぬのは道理でございます。二本足で歩く元のあなたさまに戻るには、今しばらくかかりましょう。


ううむと唸り、男は仰向けに転がり大の字になった。

敵は逃げませぬ。じっくり治すがようございます。

気持ちに張っていた糸が切れて、そのまま男は深い眠りに就いた。

ご主人様。目を覚まされませ。

何事。

雨でございます。

見張りの兵がいないことを確かめると、やや離れた先にぽつんとただ一本見える木陰を目掛けて、見事走り着いてみせた。

体が動きますな。

おお、すっかりいいぞ。

一つ聞いてよろしゅうございますか。

何だ、言ってみよ。

眠っている間、どこへおいでかと。

なに、異なことを言う。

体ではなく心の話でございます。

何の話か訳が分からぬが、別にどこへも行くまい。

人によっては、眠っておる間に、ふるさとへ帰っていたとか、冥土で親に会ったとかいう話をする者がおりまする。

それは夢というものだ。現《うつつ》の話ではない。

つくり話でございますか。

そうではないが。眠っておる間に見えるものだ。

では、どんな夢を見ておられました。

俺は夢など見ぬ。


そう答えてみたものの、男はしばらく考え込んだように黙った。よく思い返してみると、ただ一つだが、決まって同じ夢を見る。

遠くで見知らぬ女が、歌を歌いながら野良仕事をしている。手助けしようと鋤鍬《すきくわ》を探し見回すが、どこにも無い。さらに遥か先を見れば、いくさの火の手が上がり、空は赤々と燃えている。いくさ場に向かおうとするが、今度は剣が無い。にもかかわらず、これはどうしたものかと木偶《でく》の坊《ぼう》さながら、何をするでもなく棒立ちで、ただすべての光景を見ているのである。

人とは不可思議なものでございますな。体を休める間も心が休んでおらぬことがあるとは。私めもあなたさまと同様、夢を見たことなどございません。

見ても甲斐ないものだ。

では、何のために見まするか。

分からぬ。だが、考えてみれば人のすることなど、もとよりみな甲斐の無いことかも知れぬ。夢とて、そんなものの中の一事に過ぎぬのだろう。

国を守る大陣の長のもとに、ある日妙な知らせが届いた。見張りの兵が二人して、いつものように馬で周囲一帯を見回りに出かけたが、一人が分かれたまま戻ってこないという。知らせに訪れた片割れの兵いわく、見かけぬ顔であったが、しっかりと仕事はこなしていたようだ。言葉なまりから遠方よりよこされたのであろうと言う。

そこいらを探しに出てみたが、見つからない。敵の諜者かと疑ってもみたが、不穏な動きはなかったどころか、それ以前に、ほかに誰もそのような兵を見たという者も無く、話した者もいないという。

なすがまま、陣には何事もなかったかと日が過ぎていくよりほかになかった。結局、当の兵は行く方知れずのまま、帰ってこなかった。

古人の言にあるように、美しく見事な織物は薄く軽くすべるように滑らかで、もとより一枚で生まれたかと思われるほど寸分の隙もない。

だがそれとて、本をただせば一本の糸の重なる果て、目を凝らし近づいてみれば、それら一糸一糸にまでわずかな乱れや落ち度も一切ない神仏の御業を見つけるのは、万に一つも稀というものである。

いわんや周りに火が焚かれ踏み荒らそうとする者があれば、自然よれほつれが出るのもなおのことであろう。

国の有様とて同じことである。

男と髑髏は、この国の端々の乱れを心得ていた。

ほつれた間を縫うように進む一本の針糸は、誰の注意も引かず悟られず引き抜く仕上げとばかりに国境の村で初めて姿を現した。

妙なものだ。兵と見ると、この国の民は当たらず触らずだ。

お陰でここまで来られました。

長くすると、この国の兵の身なりもなにやら板についてきた。

いっそ本当にこの国で召抱えられては。

ふざけている場合か。敵の落ち延びた兵を、何の疑いもなく迎え入れるくらいなら、最初からいくさなぞすまい。

国境とはいえ、まだ油断は禁物。

油断は敵にある。見よ、この村を。隣国は属国同然、中央からも遠く、兵も手薄、もはや打ち捨てられ荒れ果てておる。

ですが、人はおりまする。

うむ、気配がする。それにずいぶん先より村のにおいがしておった。

においとは。

生きておるもののにおいだ。耕し煮炊きをし、埃をたて、歩き回るにおいだ。

離れているとはいえ、それにしては声が聞こえませぬ。
俺もそれが気になった。妙だ。

村にいよいよ近づいても、それは変わらなかった。人の暮らしている跡はうかがえるが、肝心の人がいない。

隊から逸れたと、例のごとく喰うものを乞うつもりでいたが。
いかがいたしますか。
もう日暮れだ。あそこに見えるあばら家で様子を見るとしよう。望みがなければ夜明け前には発つ。

ご主人様、ご覧なされませ。

眠っている男に髑髏は警鐘を鳴らした。

何か珍しいものでも見えるか。
そうではございません。隊のようでございます。
分かっておる。数は二十、多くても五を超えまい。
確かにあの影はご推察どおりかと。ただ合点がゆかぬことがございます。
秩序だな。
いかにも。
この国の軍であればいかな小隊とはいえ隊列を乱すことなどないはず。
しかもこの真夜中に、いくさでもあるまいにこれほどの駆け足は無用だ。
奥で眠りながらそこまで推し量られるとは、改めて御見それいたしました。
蹄だ。音を聞けば分かる。

蹄の音はいくつもの松明の明かりを連れて、次第にゆらゆらと大きな火の塊となり近づいてきた。

兵の群れが村へたどり着くと、すぐさま片端から家々を開け入り込み、なにやら大声を上げながら家人どもを引きずり出しては殴る蹴る、挙句の果てには食い物の類を奪い取るのみならず、中には家を打ち壊そうと暴れるものまでいる。

兵の一人は松明を振り回しあちこちに火をつけ、そのままの勢いで村人を殴りつけたりする始末であった。

泣き叫ぶ声と罵声が、明るい夜の空にこだました。

さすがに驚いた男は、腰を上げ暗いあばら家の壁の隙間を遠目に眺め、しばらく成り行きをうかがった。

惨い。連中め、夜盗に成り下がったな。

目が届かぬのをいいことに、力を頼みに奪いなぶりものにするとは、まさに乱暴狼藉の言葉通りでございますな。

村人たちの叫び声がわずかに静まり、甲高い声と何かを引きずる音がした。

思わず壁の隙間に近づくと、そこには兵の一人に髪の毛を引かれ連れ去られようとする女の泣いている姿があった。

松明に照らされ赤々と輝いた女の顔が、はっきりと目に焼きついた。

生きて帰れれば幸運のうちでしょうな。

髑髏はそう洩らし、次の句をつく前にはっと横を見た。

男はすでに外へ飛び出していた。

女も災いの種でございます。特にあの女は。

髑髏は、言い損ねた言葉を誰にともなくつぶやいた。

女を放せ。

それは、知らぬものが見れば単なる仲間割れに見えたはずである。だが、村人たちも、無論そこにいた隊の兵たちも、ことの次第を図りかねていた。

お前はどこの隊の者か。
女を放し、奪った物を置いて行け。
何者だ。
女を放し、奪った物と馬も置いて行け。

怪しいやつめ。

兵どもはあっという間に一つになり、剣を抜き槍を構えた。女は地面にうち捨てられると、思わず男の後ろに隠れた。


一番後ろの、にやついた熊。貴様が頭か。


熊と呼ばれた当の兵は、先ほどよりさらに顔を崩し、不敵に笑った。

その表情を見てとると、やおら男も剣の輝きを見せた。

最前列の兵は肩透かしを食らった。切りかかる刃をひょいとかわされ蹴り倒される。後ろの兵どもも同じ目にあった。次々に切りかかり槍を突き出し、男を仕留めようとかかっていく。するとやはり巧みにかわされ、殴られ、転ばされ、気がつくと男はあっという間に後ろへと過ぎていった。

奥で仁王立ちする頭目と思しき兵は、まだ剣すら抜いていなかった。

首筋に真っ赤な筋が流れ出ると、どさりと熊の巨体が崩れた。その顔つきからすると、まだ、斬られたことに気づいていないに違いない。

突如闇より現れたかわせみに、雑魚は震え上がり慌てふためく。

逃げ出す者もいたが、勇猛で鳴らした兵の血であろう、狂ったように闇雲に男目掛けて刃を振り回し、束になり向かってきた。

男の太刀捌《さば》きは、夜目では斬ったか斬らぬか見極められぬほど、だが兵どもがばたばた倒れていくさまをして、確かにそうであるとわかる。屍に一太刀刻まれた切り口たるや、余程の血も出さず骨はおろか肉も見えず、なおさら凄みを感じさせた。

髑髏は、ただ遠くで見物するよりほかなかった。だが、笑い声を上げていた。

好いものを見せていただいた。

好いものを見せていただいた。

女はといえば、救い出されたとは思えぬほど、顔をこわばらせ、血の気を失い青ざめていた。

村人は、みな片付け始末を終えると、礼も言わず逃げるように家の中へ入り、扉を硬く閉ざした。

女は、泣いていた。そして泣き疲れると、しばらく呆然と地面を見つめ、飽きたように空を見つめだした。男は一部始終を見ていた。見かねて声をかけた。

怪我はなかったか。

すると女は、般若《はんにゃ》の形相で男を睨み返すと、再び涙をこぼし始めた。

これでもう、おしまいです。恨みで村は焼かれ、一人残らず皆殺しにされましょう。

男はなにやら情けなくなってきた。この俺のやったことが、女を怒らせたのか。村のためにならなかったと責め泣かれねばならぬことなのか。

涙をこらえ息をつき、やっとのことで落ちつくと、女は、この村の因縁を語りだした。

この村は、一昔前までは隣国の治める土地でございました。私どもは、何事もなく平穏に過ごし、暮らしぶりは豊かですらございました。それというのも、隣国の主さまはこの村の生まれ、村の民もそのことを誇りに思い、仕える家来の気概で立ち働き日々努めてまいったうえ、主さまもことのほかこの村を手厚く遇されてきたからでございます。

ところが、いくさが始まり、心の優しさが重荷となる世となっては、主さまも我等が国も、憂い苦しみを背負い、虚を突かれ取り巻く獣の国々に寝首をかかれて、手足をもがれることは避けられぬこととなりました。

中でも最も獰猛な獣は、そう、この国、あなた方の国でございます。いくさを仕掛け兵をよこし、主だった村々を相次ぎ焼け野が原に変え、兵だけでなく民の命も奪ってしまいました。さらには国境のこの小村が主さまの故郷と知ると、わざわざ大軍を送り攻め落とし、ついには奪い取り、我が物としたのでございます。

国の惨状を悲しんだ主さまは、わが身を差し出すがゆえ民の命をこれより奪わぬよう、この国の主に請うたのです。

しかしながら、幸か不幸か、あなたさまの主は悪知恵の働くお方、人心を握りたやすく保ち、無用な労を避けるには、主さまを生かし己が意に従わせるための領主として、座に据えた方がよいと企んだのでしょう。わが国を属国とし、この村を質として扱うこととしたのでございます。

他の地では知りませぬ。この村の兵は、私どもを人と思っておりませぬ。その行状は鎖をはずされ放たれた野良犬のようでございます。今やこの村に若い女はわずか。私はもう何年もたびたびさらわれては、あの者たちの慰み物にされ最期を覚悟し、生きたまま返されてもそのたび命を絶とうといたしました。しかしながら、村を思えば仕方の無きこと、もう来ぬであろう、これで仕舞いと耐え忍び、命を永らえてきたのでございます。

私どもも、あなた方を人とは思いませぬ。

放っておいていただければよかったのでございます。

あなたさまがどのようなお人柄か、何ゆえ私を助け味方を斬られたのか、いずれにせよ、人並みであれば見てみぬふりが情けでございましたものを。殺されたことを知れば、仲間の兵は黙っておりませぬ。

もう、この村はおしまいでございます。

おしまいであったら、お前たちはどうするのだ。戦うことはないのか。

勝ち目はございませぬ。襲われる前に、この村を捨て逃げることとなりましょう。

いつまで逃げ続ける。向こうは追い続けるやも知れぬぞ。

ほかにどうすることもできませぬ。

兵は占めて何人だ。

無駄でございます。たとえこの村における兵をすべて倒したとしても、却って大軍がつぎ込まれ、根絶やしにされる羽目でございましょう。

女は生霊のように立ち上がり、自らの家へ向かいとぼとぼ歩いていった。

男はそれ以上言葉も無く、女の後姿を見送ると、負けいくさのような顔であばら家へ引き取った。

夜明けまで間がある。俺は一眠りする。

髑髏にただそう告げると、男は剣を放り投げ、倒れこんだ。

男は夢を見た。またあの夢だ。いつものごとく、見知らぬ女が遠くで野良仕事をしている。どうせ俺は何もできぬ。そう言ってただ立ち尽くしていると、なにやら、いつもとは勝手が違う気がしてきた。試しに女のほうへ近づいてみる。女が腰を伸ばしこちらへ向けた顔を見て、男は驚いた。さっきの女だ。だが、その顔は笑っていた。この女はこんな顔をするのか。男はなぜだかうれしくなった。男は何か言おうとしたが、やはり、例のごとく何も言えず何もできず、ただそこに立っていた。

女は、それでもにこにこと顔をほころばせ、汗をぬぐっている。

遠くでは、いくさの炎が燃え盛っていた。だが、それでも女は笑顔を男に見せていた。

男は、何もせずともよいのかも知れぬと少し笑顔を見せ、ただ阿呆のようにいつまでも立っていた。

ご主人様、誰か参りまする。

髑髏の声に、立っていた己は消え去り、横になる己に戻っていた。

食い物でございます。

聞き覚えのある声に、男はさっと目を覚まされた。慌てて立ち上がり、あばら家の扉を開いた。

先ほどは助けていただきながら、失礼を申しました。ご覧のとおり貧しい村、何もございませんが、お礼とお詫びにと、みなで集め持ち寄ってございます。いくばくかの腹の足しにはなりましょう。お召し上がりくだされ。

男は戸惑ったが、女はすでに中に入っていた。そしてあばら家の片隅で食い物の煮炊きを始めた。

その間中、男はなすすべなく、その様子を黙ったまま眺めていた。

男が喰らう間、今度は女がじっとその様子を黙ったまま眺めた。

何もすることがなくなると、今度は二人でただ黙ってじっと座っていたが、珍しいことに、男が声を発した。

野良仕事は好きか。

突拍子も無い突然の物言いに、思わず女はくすりと顔をくずした。その表情を見て、男ははっとした。あの顔であった。

きつうございますが、好きでございます。

そう、余計なことを頭に浮かべずに済むからでございましょう。

男は、女が語る間も顔を食い入るように見つめ続けた。

何でございましょう。

女は、怪訝そうに見返した。いつの間にか鉄面皮が雪溶け、緩んでいる。

それを見て、さらに女は笑顔を見せた。

いつになく、男はしゃべった。女は、久しく笑った。
なぜかは分からない。もう二度と会うことも無いと観じたか、刹那の時を分かちあいたいと念じたか、夜更けの頃には、二人は互いに気を許す仲になっていた。

私は天涯孤独でございます。一緒に連れて行ってくださいませ。
それはできぬ。
なぜでございます。
俺と一緒では却って身が危うい。それに。
何でございます。
俺はあんたに何もできぬ。
それでも一人で逃げるよりはまし。
だめだ。俺といては、安楽は無いのだ。

安楽であったことなど、あれからございません。

女の目は強かった。穢《けが》れたものを清らかな水に換え、遠くまで流れ続ける川の水面。触れることを憚《はばか》られるほどの輝きを思い起こさせた。この女は心底望んでいる。ここから遠くへ連れ出されることを。

分かった。俺のような者でいいのなら、共に行くとしよう。

女の瞳にある水面には柔らかい水晶のような泡がたち、幾筋の涙となって流れ出ていた。

そのとき、突然かたりと奇妙な音がした。

暗がりに目をやると、女はこの世のものと思えぬ驚き声を上げた。

髑髏が転がった音であった。

男はその意を察した。女は連れて行けませぬ。連れて行けば、いずれ必ず災いの種となりましょう。

何とも気味が悪うございます。

驚くことはない。俺の魔よけのようなものだ。風で転げたのだろう。見えぬところへ置いておくとしよう。

髑髏の忠言は、どうやら女の目には勝てなかったようである。そればかりか、却って二人の気を近づけ、一つにしてしまった。

星は瞬き、月は満ちる。男と女は、生涯のように、一夜を共にした。

本当に連れて行かれるおつもりか。

髑髏は問いただした。男は何も言わず、代わりに空を見上げた。月に向かって歩いていけば、林を抜け丘を越え、麓には川が見えてくる。袂につないだ小船に乗れば、この村を抜け隣国へ、夜明けと共に行けるはず。さらに川向こうはまた別の国、きっと二人は逃げ切れる。

男と女は、村人に気づかれぬよう、別々に村を出た。先に家を後にしたのは女だった。その後姿が小さくなり、林の小道に消えていく小さな明りを見届けると、次いで男も外へ出た。ずいぶん荷物が増えている。先に倒した兵たちが持っていた武具であった。

ところが、豆粒ほどの女の明かりを見上げ、いよいよ林を抜けていくかというところで、男はぴたりと足を止めた。そして、くるりと振り返ると、生い茂る木々の中へ入り込んで、獣道を探し始めた。

いかがなされました。道が逸れております。
よいのだ、これで。残党の居所は分からぬか、髑髏。
女は待っておりましょう。
お前には分かっておるはず。共に行くことなどできぬと。
嘘をつかれましたか。
そんなところだ。俺といてもあの女は決して平穏には生きられぬ。これでいい。

話が止むと、静寂が広がる木々の遥か遠くで、微かではあるが、台地を叩く音がいくつも聞こえてきた。

先の問いにお答えしましょうぞ。
いや、それには及ばん。

それが、残党たちの乗る馬の蹄の音であることは、男もすぐ察した。
聞き違えでなければ、こちらの丘へ向かっておるようでございます。
なぜだ。なぜ俺たちが村ではなくこの丘におると知っているのだ。
村人が知らせたかもしれませぬ。
いや。村を出たときには、誰にも見られておらぬはずだ。人の気配は無かった。

答えは、一つしか考えられなかった。だが、なぜ。男は心の中で何度も問うた。あの言葉は、あの目は何だったのだ。俺の知らぬ間に残党に俺を差し出せと脅されたか。それとも、はなから陥れるつもりで俺のところへ来たのか。いや、であるならば、いずれにしろすぐに兵どもに知らせに走ればよいだけのこと。わざわざ俺に色目を使うことなど無いはず。まさか俺を油断させるためにそうしたというのか。それほどまでに俺が憎かったのか。

忘れることは無い、あの女の目に嘘はなかった。俺もあの女に触れて、初めてこの世に欲が出た。あの女と共にいられれば、敵に背を向け、武人の誇りも捨て、民に混じり、何もかも忘れて生きてもよいとさえ思った。

あの目は俺を謀ったのか。

もしそうであるとしても、なおも合点が行かない。俺を討ち取ったとしても、あの連中が村や女を生かしておくという証などどこにも無い。むしろ勢いにまかせて皆殺しにするに違いない。それは女のほうが骨身に染みて承知しているはずだ。

男の胸のうちは乱れ混沌とし、灼熱地獄に投げ込まれていた。

にもかかわらず、何のゆえか、こうしたときにこそ男の頭は逆らうように、熱を冷まそうと氷が震え上がる切れを見せた。

俺が起こしたいくさだ。天が、けりをつけろと言っておるのであろうぞ。

男は木々の中から抜け出すやいなや、元来た道を引き返し始めた。

さて、髑髏。斬りあいで何人倒せる。

ご主人様の腕ならば、三十、いや四十はすぐさま。

だが敵はそれ以上と見て、まず間違いあるまい。松明の数がすでにここからでも見えるであろう。ああなるとさすがに容易ではない。

策がございます。間もなくこちらは風上となり、丘よりあちらの大地へ向かって吹き降ろす風がやってまいりましょう。

火矢だな。この乾いた草原だ。燃え移ればそうたやすくは消えまい。敵をそこで足止めにしてくれる。仮に炎を避けえても、この一本道で待ち伏せし、一騎ずつ射抜いて見せよう。
ともすれば、俄然我等に勝ち目が見えてきましょう。

男は丘の中腹で背負っていた弓を構え、矢の束を置いて松明をじっと眺めると、敵襲に備えた。炎に照らされたその顔は、元の武人の沈着そのものであった。

風向きが変わり始めた。敵の足音が近づき、怒号と松明の群れがはっきりそうと分かるほどにいよいよそばにまでやってくると、風が男の背中を押した。
男は、次々に火のついた矢を遠くに放った。そのさまは、ばね仕掛けで弓を射る人形か新手の武器であった。

炎が地に落ちると、わっと草原に移り、その一帯を赤く染めた。その向こう側では、予期せぬ迎えを受けた隊の叫び声と馬のいななきが、丘に響き渡った。

しかしながら、ここは兵の国である。落ちぶれても兵は兵、中には正気を取り戻し、炎の隙間を見定めて首尾よく抜け出し、道を駆け上がってくる者がいる。

男は、敵を迎え入れ挨拶でもするかというほどに、じっと立ち何もせずにいる。もはや顔つきが分かるかという段で、さっと弓を引く。向かってくる兵どもは哀れなくらいに確実に仕留められていった。

しばらくすると、敵の動静が変わった。士気は相変わらずだが、何か勢いが違う。

髑髏、何が起きておる。

敵は二手に分かれ攻めるようでございます。

なぜ分かる。

人の目には見えぬものも私めには見えます。先ほど別の方角へ隊が分かれていく姿がはっきりと。

獣道より挟み撃ちにするつもりか。

いかにも。備えなされませ。

髑髏が指図する方角に弓を構え、じっと待つ。敵は四方に広がりつつ男を攻め立てる策に打って出た。

左右に体をずらすのはほんの僅か、伸びて絡み付こうとする蛸足を順繰りに断ち落とす要領で、木々の隙間から敵勢を射落とし火達磨にしていった。

たかが一人の兵に、これほどしてやられるなどと誰が想像したであろうか。攻めているはずなのに、いつの間にか攻められている。

人は我を忘れた時ほど、己をあらわす。臆病者は臆病に、愚か者はますます愚かに、そして卑怯者はいよいよ卑怯になる。

敵兵の一人は男を諦めると、女を殺してくれると叫びながら、別の方角へ走り始めた。

するとその声に応えるように、兵どもがみな走り出し先を争い向かった。

その行く手は、確かに丘を下り川へと続く道であった。

男は矢を背に手探りした。とうとう底を着き、手持ちが無い。


ご主人様、潮時でございます。攻めあぐね、これほどまでに風の強さが増せば、敵の士気はもはや落ちておりましょう。それが証拠に女に的を変えております。立ち去る好機に他なりませぬ。

だが、立ち去ろうとはしなかった。松明を手に取り、風を読んだ。敵が走り去った方角に風が向かうと、おもむろに木という木に火をつけ始めた。

炎はすさまじい速さで燃え広がった。木枝一本一本が火を噴き、敵の居所を知っている生き物のように林を駆け抜けていった。

乾いた突風はおもちゃを与えられ、はしゃぐ子供であった。林を丸ごと灰に変えた後には、丘をすべて包み、火の海にしようとしていた。このままでは、まず己の命も無い。

男は、何もかも承知していた。それでも、やった。

髑髏は、炎の裂け目を手際よく見極めると、男に行くべき先を指図した。男は髑髏に言われるまま歩き、火から遠い風上の地にやっとたどり着くと、その行方を見やった。

風は丘を焼いてしまったが、それではまだ飽き足らなかった。周りの大地に広がる草原に炎は喜び舞い移り、青い絹はたちまち見渡す限りの灰の海、とうとう村にまで赤い地獄は及んだ。

炎は餓鬼のように村を襲い、やがてすべてを食い尽くしていった。

己のしたことを、男は見届けた。一人の女を生かすために、一つの村とその民を殺した。


女は、船の上で待っていた。目に入るすべての景色が炎で包まれたとき、残党も、男も、もう誰も来ないことを悟った。

この国の兵を忌み嫌っていたからか。それとも村を捨てる悲しみを怨んだがゆえか。いや、この世の男という生き物すべてを許すことが、どうしてもできなかったのかもしれない。だが、女が何より耐えられなかったのは、男に惚れてしまったことであった。喜びなど、知りたくはなかった。

生きていると感じる胸の内の輝き、翡翠《ひすい》や瑪瑙《めのう》も超えぬであろうことなど、分かりたくはなかった。そしてその輝きを失うことなど。

すべてが、つらすぎる。

何もかも、あの男であった。

女は、火を見ているうちに、己の中に命ができたという気が、ふいにした。誰の子かは、もはや分からない。それでも、あの男の子だと思うことにした。

もしそうなら、男には生きていてほしいと願った。

一艘の小船が、川をゆっくりと下った。日が、ゆっくりと昇り始めた。

二人だけが、同じ朝の日を見ている。男も女もそう信じた。

だが、それは、少し違っていた。男の後ろで、途中よりここまでの道行き、ずっと同じ景色を見続けている者がいたのである。

お前は、どのあたりで気づいた。

先の国で通りすがった、大きな市のあたりからでございます。

やはりそうか、俺もだ。ならばあの国に紛れた諜者であろう。

どの国が配した手の者でしょう。

俺のおった国に間違いあるまい。

何ゆえでございますか。

顔を見知らぬ者に気取られるほど怪しければ、とうに捕まっておろうが。

そのことではございません。何ゆえご主人様をつけ見張るのかが分かりかねます。

俺が最後に仕えたあの領主は、ただの切れ者ではない。無類の臆病者だ。俺を敵城で見捨て、後に戻ってみると遺骸がない。並みの主なら捨て置くであろうが、あの男はもしやと訝ったのだろう。己の命を危うくする種は、ただのひとつも残しておけない性分だ。諸国で諜者を通じ俺を探していたとしても不思議はない。
つまるところ、ご主人様を亡き者に。
収まるところに収まれということであろう。
失礼を承知で申し上げれば、なんとも情けなき主でございますな。
そのくらい臆病でなければ、一国の主は務まらぬのだろうよ。

男は思案した。このままではいずれにしろ逃げ続けなければならない。何人でも追っ手は来る。命を狙われ、ついにいつの日か討ち果てることは明らかである。

さしあたり、今つけてきておるあの男を斬りまするか。
埒《らち》が明かぬ。あれは木偶人形と同じだ。また同じ顔をして別の男が立っている。ああした連中は、斬っても斬っても湧いてくる。

では、いかがいたしますか。

うむ。こうなったら逃げ切れるものでもない。俺は、戻ろうかと思う。

なんと。殺されに戻ると申されますか。

いや。あの男にだけは、何としても殺される訳にはいかぬ。だからこそ、戻るのだ。逃げれば追う。だが、こちらから進んで会いに行けば、表向き迎え入れるはず。かつて一度は仕えた身、殊勝な態度で生きて帰ってまいりましたと目通りする。

気でも違われましたか。その後何をされるか分かったものではありますまい。

だから、その場で討つのだ。

髑髏は絶句し、しばし何も返さなかった。男の大胆さに驚いたのか、それとも呆れたのか。かといって、その面を見ると、笑っているようにも見える。

確かに、ご主人様の申されることには一理あるかと。しかしながら、敵は何も戻ってからじっくりいたぶろうなどと狙っておる訳ではありますまい。何しろそうまで臆病者とあれば、こちらが対面する前に始末してしまおうと画策するのは、むしろ自然なこと。たとえいかにこちらがひれ伏した素振りを見せても、いやむしろそれこそ不審に思うはず。国へ戻る道中で、何とか殺してしまおうと考えるはずでございます。

なるほど。そのときはまた逃げればよいと腹をくくっていたが、考えてみれば、それはあまりうまい手とはいえぬな。今より更に追っ手は厳しくなろう。

男は、手詰まり盤よろしく下を向いて腕を組み、じっと動かなくなった。

この髑髏めに奇策がございます。もっとも、ご主人様は承服しかねるかもしれませぬが。

言ってみよ。いまさら驚かぬ。

その商人風情のなりに、どうも顔がついてゆかない。似つかわしくない仏頂面を何度窘められても、男はなかなか直すことができずにいた。

髑髏は、人心を武器にした。噂をまけと言うのである。町に紛れ、男はあちこちで話をした。商いの旅の途中で聞いたのだが、隣国の境で起きた大火も、その先の国で起きた大水も、天然自然の技ではないらしい。どうやらそれらの国を脅かす隣国の手の者が、たった一人でやってのけたというではないか。接する村という村が滅ぼされ、いずれの国も大きな被害を被っておるが、それがたかが一人にやられたとあっては、信じがたくも情けない話、まさか真とは思えぬが、もしそうなら同情するよりほかにない。まあ噂に過ぎぬとあしらう素振りで、歩く場所場所で語ってみせた。己の武勇を触れ回った訳である。男にしてみれば、最も忌み嫌うことであった。しかも妙な風体でへらりへらりと笑いながら喋り捲るなど、生まれてこのかたやったこともない。心中耐えられるものではなかった。

にもかかわらず、髑髏の策には勝機ありと男は感じていた。

人は、他人の不幸が好きである。その上、遠地の謎めく大事変事とあれば、三度の飯にのぼらぬのがおかしいというもの。

案の定、話したそばから噂は人の口端にのり、瞬く間に広がった。

流行り病は町から町へ、村から村へ、国境を越え、敵味方を越え、銀の尾鰭《おびれ》をつけ金の鱗《うろこ》を纏《まと》い、かつて男がいた国にも伝わった。

ところ変われば値も変わる。たった一人で敵の村々を攻め滅ぼしたのは我等が国の兵とあれば、その度胸と戦果を誇らしく思い、喜び褒め称えること際限がない。

男を英雄に遇し、その勇姿を一度拝みたいと衆が声を上げたのも、こうなれば無理からぬことであった。

この声は領主の耳にも入った。入ったばかりか、来る日も来る日も九官鳥、しかも次第に声は大きくなり、悩みの種にすらなり始めていた。

あの男を呼び戻すより仕方がない。側近重臣の誰もが主に進言した。主は、別の兵を立ててはどうかと抗してみせたが、氏素性の知れた者は使えませぬ、それだけの達人でなければなりませぬとことごとく退けられ、ついに味方なき隘路《あいろ》に一人、不承不承首を縦に振らざるを得なくなった。

思惑は、まんまと的を射たのである。


男は最高の礼を持って遇され、堂々と国へ帰還した。

城では酒宴がはられ、主は男に労《ねぎら》いの言葉をかけた。並ぶ料理の味も分かりかねるのか、とってつけた笑みを見せては、時折苦い物を喰ったようになるのを必死でこらえているようであった。

よくぞ戻った。先の城攻めでお前を失ったと思ったとき、無念でならなかった。だが、こうして生きて帰ってきた。しかも敵国を手痛い仕打ちにしてくれたと聞く。身一つ大事に持ち帰っただけでも我が国には益なるに、加えてあまりにも大きな手土産、余も望外の喜びじゃ。

お前はこの国の生まれでなく、余に仕えて月日も浅かった。だからといって、これまで客人として敬したことこそあれ、一度も軽んじたことなどない。民にいたっては、今やお前を英雄として知らぬ者はない。子供は手本とし、親は息子のごとく自慢しておる。お前も屈託など要らぬ。これまで以上に我が国を郷と思い、民を親兄弟と定め暮らすがよい。明日は、その親兄弟に元気な顔を見せ、みなに働き振りを話してもらうとしよう。だがその前に、今夜はここにおる我等にその手土産を開き、早速武勇の委細を詳らかにしてもらえぬか。さあさあ、皆も酒を飲め、喰え。いやはや、手柄であった。

身に余るお褒めのお言葉、有難き幸せでございます。

領主のとってつけた笑いが、ぴくりと震えて、そのまま固まり取れなくなったようであった。

男は戦いを淡々と語った。戦いだけを語った。その他は宴の間中、ただ黙々と飲んで喰うだけであった。

毒でも仕込んでおるのではありませぬか。

それは心配いらん。そうであろう、何しろ俺は国の英雄だ。すぐに命を無くされては困る。殺したくても殺せぬはずだ。

では、しばらくは様子見、隙をうかがいすごされるお積りで。

まあ、しばらくは。


宴たけなわに家臣どもが親しげに話しあい、歌い踊るそのさまを男は見続け、改めて推し量っていた。己が望んで最前の兵になったがゆえ、こうして見ると初めて知った重臣も多い。なるほど、諸国随一の名は伊達ではない。最強の雄と謳われるその力は、決して主だけでつくられるものではないということか。中でも宰相は相当な傑者である。手強い相手になることは、容易に想像できた。

佳境を迎え、皆酔い、腹膨らましさすっては、明日の祝賀についてそれとなく話している。人心を束ね、信をいや増すためには絶好の機であり、またたからこそ失敗は許されぬ。くつろぎながらも、自然頭はそちらへ向くのであろう。

時がしばし緩やかになり、談笑が部屋を包んだ。主も酒が回ったか、上機嫌で戯言を言い募る。向かいに座っていた当の主役にも、何か余興をと所望した。男はしぶしぶといった風情であったが、立ち上がり、奥へと歩み進んだ。

主が座る席の目の前に男が立った。すると、時は止まった。

男は腰から短剣を取り出すと、主の胸にぐさりと刺した。それは、酒を勧める手つきと、なんら違わぬ調子であった。刺された胸は赤くなり、顔はすぐさま青くなったかと思うと、どさりという音と共に、席から姿を消した。

男の顔は、微塵も先と変わらなかった。

重臣たちは、気づかなかった。護衛も何が起きたのか、図りかねていた。男を除いたすべての者が、金縛りにあっていた。

時が動き始め、起きたことをはっきりと承知すると、談笑は絶叫と怒号に変わり、混沌がその部屋の主となった。

護衛どもは男を取り囲み、その他の者は外へ飛び出したり、睨みつけたりしている。男はやはり顔色ひとつ変えずに、いま一方の剣をゆっくり抜いた。

一人が討ちかかったが、敵ではなかった。二人三人と続いたものの、一瞬であった。四人五人と討ち取られ、それでも後から現れて出た。しかしながら、その者どもは、運があったといわねばならない。宰相が一喝し、やめるよう命じたのだ。

他の家臣は合点がいかなかった。祝いの席で、しかも目の前で主を殺した謀反人である。捕らえて悲惨な目に遇わせ、いっそのこと殺してくれるのを心から願うようになっても、容易に許さぬのが筋である。この場で斬り殺し、それがもしも叶わなくとも、遺骸を八つ裂きにしなければなるまい。明日の祝賀は亡き主を悼む日となり、男の屍は民の憎しみをぶつけるさらし者として吊るされ、卑しい獣の餌に成り果てねばならぬはずである。すべての者が、その場から下がらされた。それは重臣も例外ではなかった。部屋には、男と宰相だけになった。

なぜ捕らえて殺さぬ。

己は国に仕え、民の平穏を守るのが役目と心得ておる。いま貴様を殺せばどうなる。我が国は主と英雄を共に失う。それもこのような醜い顛末でだ。先の阿鼻叫喚《あびきょうかん》は、いまここだけのものではなくなり国を覆うであろう。それはいくさの世にあって、敵国を富ます餌となり、我が国を滅ぼす病になる。それだけはあってはならぬ。

俺はこの男にだけは殺されたくなかった。だからやったまでのことだ。もとより野心などない。ましてや別に、この国が憎い訳などあろうはずもない。あなたの知恵と裁量があれば、俺を葬ってもそのような事態はいくらでも避けられるはず。後は俺の命は好きに使うがいい。あなたに刃向かって凌《しの》げるほど、この俺は利巧でもなければ力を持っておるわけでもない。

主さまは、ただいま、病にて身罷《みまか》られた。

何を言っておる。

主さまには子がありませぬ。それゆえ我が国の命運は貴殿に任せるとのお言葉をいま確かに遺された。

宰相殿、正気か。

よろしいか。貴殿はこの宰相に命を好きに使えと申されたのですぞ。これよりあなたさまに我等が国を収めていただきまする。

他の重臣が認めるはずはあるまい。

皆が認めまする。認めぬものは職を外れますがゆえ、すべての者が認めまする。

退けてしまうおつもりか。

認めさせまする。ご案じめさるな。

宰相の眼光は一筋縄では見切れぬ深く恐ろしい色に染まっていた。国を預かってきた者の底知れぬ執念の目であった。

だが、俺には国を治める器量などない。

いや、あなたさまには、その器がございます。それはこのような段であるから申すわけではございません。我等が国に来られた時から武人としての技量と治者たるものの英知を見込んでおりました。肯かれぬのは、そのお積りがないからでございます。さらには、我等重臣は必ずや見事あなたさまを支えてご覧にいれましょう。

さすがの男も、この成り行きには参った。断れば、まず命は無いであろう。それはよいとしても、なにやら妙な心持である。国を治めたくないからといってわざわざ殺されるのも、どうも違う気がする。かといって政をあれこれ悩み、経世済民に身をやつすのも生涯とは定められない。男は、ひとしきり考え込んだ。まったく、この宰相はやはりひとかたならぬ御仁である。

分かった。引き受けるとしよう。だが、いささか注文がある。俺はやはり一介の武人、いくさあってこその男だと心得る。領主然として城の奥隅で反り返っておるのも性に合わぬ。よって日々の政を取り仕切るは、あなた方重臣どもに任せたい。それはこれまでもやってきたことであろう。俺はといえば、内乱外敵に備えるべく、総大将としていくさの矢面に立って戦いたい。主が先頭に立ってはならぬという法もあるまい。我が申し出は、宰相殿にも願ったりかと察するが。

打てば響くとはこのこと。主さまには国の行く末に大きな道筋を付け、望みを与えていただくのが民の願い。些事に目くじらを立てることでも権勢をひけらかす事でもありませぬ。煩わしき事は、この宰相めにお任せあれ、存分に腕を振るいなされ。

俺がいくさへ出ばっておるうちに、何となれば国を奪い主になるのも結構。

いや、これは本気で言っておるのだ。

二人は互いの存念を得て響き、意を汲んで鳴る鐘と槌であった。

なんとまあ、ご主人様とおれば飽きることなどありませぬ。

あの宰相にはしてやられた。いかなる毒も薬にしてしまう男だ。殺されるつもりで乗り込んだのだ。領主にされるなどと誰が思うものか。

一部始終を聞いておりましたが、笑いを堪えるのに難渋いたしました。

俺は家来を持たぬと誓った。だが見てみよこのざまを。お前と会ってより、家来は言うに及ばず、とうとう一国の主にされてしまった。

とはいえ、いくさを求め挑むあなたさまにはなんら変わりありますまい。

まったくだ。変わろうにも、変われぬのが俺なのだ。


一国の主となった後も、男は常に先陣を切って敵に向かった。周囲の者は心休まることが無かったであろう。だが、来る日も来る日も幾千という矢と槍の雨の中を真っ先に突っ込んでいくにもかかわらず、一度たりともかすりもしない。時の勢い天の道、そしてついには勝ちを収めるのである。いくさが繰り返されるうちに、その強運といくさ度胸は語り草になり、味方の兵どもを益々高ぶらせた。

戦法は骨太でも策はよく撓る竹、変幻自在に敵の虚を突き心を突いた。突如目前に現れ、完膚なきまでに攻め破るそのさまは、臆した敵には思い出したくない傷となり、猛る敵には忘れたくない傷となった。

いくさの絵図面が、懐の小さな化け物の手によるものであることは、察しの通りである。知っているのは男一人、たまになにやら下を向きぶつぶつと独り言を発しているのを見た者はいるが、委細を見抜く者はいなかった。

隣国とのいくさは幾年も続いた。男が現れて以来、その形勢は傾いた。敵は焦りを募らせ、起死回生を狙い激しく打って出るようになった。合戦におけるさまは益々非道と熾烈《しれつ》を極めた。同じ川の水を飲み、同じ朝日を拝み、同じ空の下で暮らす者同士が恨み憎しみ合い、命を奪い合ういくさであった。

ひるむことなく敵を討つ男と国軍の強さは、明らかであった。次第に取り囲む国々を順繰りに平らげ、ついに、長く続いた争いの地は男の治める国となったのである。

いくさの神は、よくよくこの男が好きなようである。

身の程が大きくなれば、敵も大きくなる。かなたの大国も隣国になる。男は新たな最大の敵に備え我が国を守るため、かつて例のない規模の遠征へと出た。

男は、天の無理難題に淡々と応える下僕さながら、迅速かつ冷静に事を運んだ。大国の息のかかる国を染め直すようにひとつひとつ攻め落とし、その国を己の道としながら、着々と進軍していった。

国許《くにもと》では宰相は大きく育った国土を守る庭師となった。その目配りは、災害や謀反という毒虫を防ぎ、いさかいや内乱という悪芽を摘んだ。

男の治める領土は、やがて地平を突き抜けるほど広大になった。

二つの大国は、合戦をする前から戦い始めた。男が小国を取り込んでいったように、敵もそれまで見向きもしなかった周辺の小国を片端から侵し領土を広げていった。

いかに大きな織物でも、両端から別の色で染めていけば、やがてぶつかり重なり混ざる。その色が互いに強いほど、狭間は、どす黒く滲む血の色になるだろう。

天下の趨勢《すうせい》を決めるいくさが始まった。見渡す限りの大地に、来る日も来る日も剣と剣がぶつかり合う音と人と人が投げあうあらゆる声が響き渡った。

それでも、雌雄は決しなかった。

叫び声が聞こえるたびに、赤い色は幾重にも土を濡らしその深さを増し、やがて漆黒と見分けがつかぬほどになっていった。

その色が濃くなるほど、空は真っ青に澄んでいった。

命の色は、目には見えない。

時の色は、目には見えない。

男は決して敗北することは無かったが、いかんせん敵は強大である。争ういくさ場と失う兵の数は比例した。

もうどれほどの年月が過ぎたのであろう。

男はふと空を見るようになった。時の逃げ足に比して、いくさはあまりに遅い。

眠りに就いていると、男は久しく見ていなかったあの夢に出会った。

女は、あのときの女であった。ところがよく見ると、背に赤子を負うている。なぜだか男は、驚きもしなかった。遠くを見ると、やはりいくさの火が明々と天を照らしていた。女に近寄ると、その表情に驚かされた。

夢の中で泣いているのを初めて見たからである。

女は、男に行かないでくれと懇願した。声を聞いたのはやはり初めてであった。なぜか、今度の夢は足が動く。男は制止を振り切り、いくさ場目指して走り出した。

はたと目を覚ますと、男は空にその目を移した。すると、急に胸騒ぎがしだした。


髑髏、国へ戻るぞ。

なぜでございますか。

虫が知らせた。

実を言えば、私めにもなにやら不穏な影が見えておりました。

大軍は、合戦の途中で、ある日突然兵を引き、国許に引き返し始めた。

敵軍の将はおろか、味方の兵も誰一人その理由は分からなかった。それは無理も無いことである。命を下した当の男にも、なぜなのか、まだ分からなかったのだ。

一人の使いが、男の元へ馬を走らせていた。

蝋燭《ろうそく》は、己の火が消える時を知ることはない。

宰相の命の火が、消えた。病が吹き込んだからか、天命が燃え尽きたからか。最も悔やんだのは、己自身であろう。天下という庭をならし、民という木々をいつくしみ育て、広く平らかにする大仕事もあと一息というところであった。己の不在が、いかに国を暗闇にし男を悲しませるかを知っていたのも、宰相自身である。

重臣側近たちは、ほとんどの者が悲しんだが、皆ではなかった。この大事が、裏切りの水を誘い、謀反の気を呼び込むこととなった。
国に最も近い隣国であり、激戦の末、いまは男が治める領土となってい
る二つの地に、新たな火種はあった。
ひとつは、かつて起きた川の氾濫による大水で、村々が没し、幾多の人
々が消えていった地である。
全滅した村の唯一の生き残りであると自らを名乗る一人の若者が、反乱
の狼煙を上げた。
もうひとつは、かつての大火ですべてが焼かれ、消え去った村のあった
地方である。やはりその村で、唯一生き残った女の息子であると名乗る若
者が、慕う者を率いて兵を起こし、男の国城へと向かい始めた。
首謀である若者二人は、合い似た境遇であった。たった一人生き残った
という信じがたい天命から奇跡の子として崇められ、周りには続々と人が
集まったのである。

互いの命運と企てを知った二人は、合流し、さらにその勢いは増した。その地を治める重臣たちは、食い止めるどころか、寝返り、脅かそうとした。

火を点けたところに火の手は上がる。

その昔、男が起こし、消したはずの炎は、消えていなかった。引き返す途上の男の元に使いが到着したとき、その喉元には、すでに二つの刃が突きつけられていたも同じだったのである。

遥か彼方の地からやっとたどり着くと、反乱の軍は膨れ上がっていよいよ城に迫りつつあった。男は、ことの次第を初めて肌で知った。男が率いた大軍は、度重なる合戦と長旅で、もはやいくさ構えができぬ有様であった。

時すでに遅しと、城に立ち、男は敵を一人で待った。

ご主人様、手勢を率いて一糸報いないのでございますか。

俺は無駄ないくさはせぬ。

諦めなさりますか。

あまりにも兵の命を失いすぎた。そうは思わんか。もうこれ以上失うのは俺の命ひとつだけでいい。そもそもここまで来られただけでも不思議なほどだ。

お疲れでございますな。

そうかも知れぬ。お前と出会ってから幾度も危ういところを潜り抜けてきたが、今度は難しい。何より因果、自分が播いた種のようだからな。

もしや、あのときの子であることが理由でございますか。

そうではない。そうではないが、やはり一度助けた小さな命が大きくなったからといって次には奪おうとするのは、なにやら虫が好かない。それに、一度会ってみたい。

やはりそうした存念がおありでしたか。

笑え、髑髏。いつものように。

反乱の軍は城の門前に迫った。ここまで率いてきた若者二人は、首をかしげた。鎮圧の動きが急にぴたりと止み、城まで何事もなく来てしまった。しかも城の周りに兵一人いない。

罠ではないかと側近は進言した。城に引き入れ二人を狙い討つつもりではないかと。不審に思わぬではなかったがゆえ、一昼夜そのまま様子を伺った。

領主はすでに逃げ、城はもぬけの殻では、二人は顔を見合わせると、掛け声を発し小隊と共に城の門を壊し、突っ込んでいった。

もしこれで誰もいないのであれば、間抜けもいいところである。二人とも焦りに焦った。

城内に入り、閑散としたさまを目の当たりにすると、不安はいよいよ的中かと唇を噛みながら上っていく。
主が控えるはずの最奥の間へ飛び込むと、鎮座する男が目に入った。もはやいないものと諦めかけていたせいか、男の落ち着き払った様子に気圧されたか、驚かせる立場のはずが、二人は逆にひるみ、驚かされてしまった。

やっと来たか。何をしておったのだ。

男に呑まれ、剣を握り締め、唇を震わせていた二人は、我に帰ろうと努めて、剣を鞘に収めた。

恐れながら、主さまでございますか。
ここに座っておるということは、どうやらそのようだな。

我らは国をお譲りいただきたく、参上した次第。さらには主さまを捕らえ我らの元へお連れしなければなりません。

この場でなぜ殺さぬ。

潔いお覚悟をこれほどお持ちの武人に、そのような無作法はいたしませぬ。

なぜ我が国を奪う。

私めは国を思う形に変え動かし、民を導いて参るつもり。

私めは民を富まし力を与え、国のあるべき姿を取り戻して見せましょうぞ。

だが、一つの国を二人で治めることはできぬというものだ。

我らはこの大国を二つに割り、各々が望む国をつくりまする。

二は多を生み、多は一を目指す。争いの種を進んで育むようなものだ。

それはできぬと心得よ。

己を選ばれし者と信じ恐れを知らぬ若者たちが、退けようとしている当の為政者の言葉を受け入れることは、困難であった。男はただうながされただけで、括られることもなく、反乱の拠へと、運ばれていった。

男が牢に入れられたとき、やっと髑髏は口を開いた。

やはり斬りませんでしたな。
もういいではないか。これまで、俺は人を殺しすぎた。武器を持つ者も持たぬ者も。
あなたさまは実に不可思議。澄んだ湖を思い起こさせます。一点の曇りも無い水面でありながら、知れぬ広さ深さのせいで、淵も底も見通せませぬ。

髑髏よ。お前、死神であろう。

人にはよくそう呼ばれておったと覚えております。

どこかの地へ合戦に赴いた折、そこに暮らす民から聞いたことがある。

思えば、だから俺についてきたのだな。俺と共にいれば、人の末期にはいくらでも出会える。魂を貰い受けるのにも難渋せぬ。

あなたさまのような方にお仕えすることで、私めはずっとそうして人の最期に付き合ってまいりました。

おお、思い出したことがある。お前に出会ったあの日、城に踏み込んでみるとあの国の主は息を引き取る寸前であった。護衛どもの命はすでに無かった。妙だと思っておったが、あれはお前の仕業か。

あなたさまに嘘はつけませぬ。

もう、誰も死なせることはできぬぞ。別の者に乗り換える時が来たな。

あなたさまに並び立つ方が、そうそういるとも思えませぬ。

買いかぶられたものだ。髑髏よ。俺はお前のおかげで楽しかった。もう、どの道、早晩この世とも別れだ。世話になった。

別れの言葉は早うございます。誰にもあなたさまを殺すことなどできませぬ。

まだ命運尽きずというか。

手を携えれば。


明日は男の最後の日。国を治める新たな主となった若者二人は、牢へその様子を伺いに訪れた。そばまでそっと近づくと、声がする。牢には男一人のはず。だが確かにもう一人いる。逃げる手引きかと慌ててかけつけると、そこにはやはり、男一人がぽつんと座っていた。

なにやら話し声がしましたが。

これはこれは若き領主よ。二人して何事か。

明日はあなたさまを処する日にて、一言ご挨拶に参りました。

ご丁寧なことだ。無駄とは思うが、改めて言う。国を割ってはならぬ。割れるものは放って置いても割れるがゆえ、努めて今の和を保つのだ。

胸に刻みましょう。遺言と心得ていいのでしょうな。耳鳴りでなければ、先ほどあなたさまと別の者の声がいたしました。よもやこの期に及んで逃げ出す算段ではありますまいな。

俺にはそんな下心は無い。いやなに、俺は魔よけを持ち歩いておる。そいつと話しておったのだ。


男は懐から髑髏を取り出すと、二人に掲げて見せた。

なるほど、その不気味さは確かに魔よけ。ですがそのような命の無い骨より、逃亡の手引きをする生きた諜者のほうが何倍も頼りになるのではございませぬか。

若者の一人は皮肉のつもりであったのだろうが、男には通じなかった。

案ずるな。そのような者はおらぬ。命失えば、もうこいつを連れて歩くこともできぬ。

次はお前たちが新たな主人になるやも知れぬな。

それは明日、じっくり考えるといたしましょう。あなたのおらぬ世で。

男は、いやみを投げられても表情ひとつ変えなかった。表情を変えたのは、人ですらなかった。

器にあらず。

牢の外にいるすべての者が、その声に身構えた。よく見ると、男がつかんだ魔よけが、あごを動かしている。それは、先に聞き覚えのある声だった。若者たちも側近も牢番も、腰を抜かした。

器にあらず。

髑髏が、再び声を発した。落ち着いていたのは、男と髑髏だけであった。若者は二人とも青ざめ、化け物とつぶやきながら、座り込んでいる。他の者は声を出すこともできず、そのまま後ずさりしながら逃げ去った。

あの物言い、片腹痛い思いでございます。

あの者どもの驚きようを見たか。これではお前の主人は務まりそうもないぞ。

それが器というものにてございます。

二人の治者は、己の目がまだ信じられずにいた。あれは化け物、人知を超えている。怪しい力を用いて、いかな仕打ちをするか知れたものではない。己と己の纏う強い光と影を信じてきた若い男たちは、灰色の荒野に立たされているような心持になった。何か核たるものが崩れ、広がっていくような疼《うず》きを覚えた。生涯で初めて己の信を疑わせる見てはいけないものを見た気がした。

男の最後の日は、なかなかやって来なかった。髑髏の祟りなどというものが、本当にあるのかは分からない。だが、二人は恐れた。殺すことも放すこともできず仕舞いで朝暮繰り返し、男には月の満ち欠け、季節の流れを見せ続けることしかできなかった。

二人の若き主は、互いに力を合わせ支えあう柱になろうと誓った。一人は、水の国の主と呼ばれた。出自は争えぬ、水害を憎み、治水にことのほか専念したからである。もう一人は、火の国の主と呼ばれた。やはり火害の多い地にあって、目を配り絶えず策を講じたからである。どちらの主も、己の国をよく治め、互いの国を敬い、人心安らかならしむ政を心がけ、思い描く国の姿をかたちにすべく奮起した。

たとえ国が平らかとなっても、二人の心は晴れなかった。男が、いやそれよりもあの化け物がまだいる。そして己をずっと見ている。

しばらくし、水の国の主は、毎夜夢を見るようになった。あの化け物が現れ、己をただ嗤《わら》い続けるのである。

たかが夢ごときで気に病むことはない、そう片付けていたものの、夢は一日たりとも途切れることなくやって来て、その笑い声は日を追うごとに大きくなり、胸に刺さるようになった。

水の国の主は、眠ることが怖くなっていった。己の弱さを恥じ、恐れ、心は疲れ果て、次第に政が手につかなくなった。

眠ると、あの化け物の笑い声に殺される。家来にまで洩らし、魑魅魍魎《ちみもうりょう》に勝る策を練れと命じる始末であった。

見かねた側近たちは、呪術師を呼び入れ言を聞けば、主の心はきっと休まるに違いないと考えた。

まじないの言葉は、家来たちを呆れさせた。だが、さらに呆れさせたのは主の態度であった。その言葉をただ一人信じたからである。毒には毒、化け物は化け物で制すより無いと言う。

いかに気が触れようとも、主は主、家来は家来である。

主は何の咎《とが》もない己が民を連れてこさせては、首をはねさせた。その上、はねた首の皮といわず肉といわず、すべてを剥ぎ取るよう命じた。

無残なしゃれこうべの姿となった民に向かって、主は話しかけ、返事がないと分かるとだめかと呟き、投げ捨てた。

あまりのことに家来どもは制止したが、それは無駄であった。次から次と民を連れてこさせては同じ事を繰り返し、逆らう家来も同じ目に合わされた。一日が過ぎる頃には、目の前にはしゃれこうべの山が築かれた。

不思議なことに、それ以来、夢にあの化け物は出てこない。これだけでもありがたいと、主は久しぶりにゆっくりと眠りに就くようになった。

常軌を逸した主の殺戮《さつりく》は、永々と続くように思われた。人心はあっという間に乱れ、国は衰えた。すべての家来たちが恐れおののき、悩んだ。

この事態が、隣の火の国の主にすぐさま伝わらぬはずが無い。水の国の主を諫めた事は無論である。それでも聞き入れることは無く、さらには領土を狙っているのではと邪推し、暴言を吐くようになった。

水の国の主は、火の国を攻める手はずを整えようとし始めた。このような主に我慢できる者など、いようはずが無い。重臣は、主を殺した。それは、早すぎるとはいえなかったであろう。すでに城の前には、無辜なる民の累々たるしゃれこうべの山がその高みを抜き去らんとしていたほどであった。

水の国の主は、最後に、己の首を刈られると、しゃれこうべの山の頂となった。それは、この主が赤子として見つけられたときと同じように、川をも見下ろせる高い場所であった。


水の国の恐ろしい惨状は、火の国の民にも噂となり、勢いをつけんと噂が寄り集まり大きくなっていった。間もなく火の国は水の国を責め滅ぼすと聞く者があれば、まもなく水の国は水害で滅ぶと言う者、相槌代わりに、しゃれこうべの山の中に一つだけある霊力を持つものを探しているらしい、それで水害を防ぐそうだなどと言う者がいる。

火の国の主は憂いた。人心千路に乱れ騒ぐこと限りない。その心を裏切るのが民なのか、民の意を掴み、導くことができぬ無力に責があるのか。人は時に、不届きという言葉も生易しく思えるほどの、情けを欠いた、許されざることを平気でやる。

衆を頼んで水の国に出向き、こともあろうにしゃれこうべの山を見物に行く者が現れたのである。そればかりか、次第にしゃれこうべを持ち帰ろうとする墓荒らしのごとき愚か者まで出る始末である。いかなる願いも叶えるしゃれこうべがただ一つある、その噂は、消え去るどころか、日に日に信じられるようになっていったのである。

水の国は他国の衆が入り込む流れを止められず、いよいよ国の体をなさぬようになっていった。火の国の民は、しゃれこうべを己の国へ運び続けた。

火の国の主は、自ら手勢を率いて川へ向かった。己の国の民は、皆川を下って隣国より帰ってくる。今やその誰もが押しなべてしゃれこうべを抱えているという。

主と兵たちは、川岸で待ち構えては船を止め、山と積まれたしゃれこうべに愕とした。忌み嫌うべき所業とばかり、兵はひとりひとりからその土産を取り上げるとひっ捕らえて連れていった。

船の大きさは心の醜さを表すのかと、主は目を疑った。

その大きさにも増して、遠目からでも分かるほどそびえる山はしゃれこうべ、地獄でもお目にかかれぬであろう光景である。

主は船を止めさせた。乗り込むと、改めてその山の不気味さと民の欲の深さに震えた。

呆然としゃれこうべを見上げる主の背に向かって、乗り込んでいた幾人もの民が襲い掛かった。盗賊の類だったのか、もはや、何人であったか、何者であったかは定かではない。主は殴られ刺され、船より突き落とされた。それを見た家来どもは、船に火矢を放ち、炎の雨を降らせた。船は大火と燃え盛り、その大きさとしゃれこうべの山を支えきれなくなると、煙に包まれながら川の深みへと姿を消していった。

主の母は、その昔この川から小さな船に乗り、国を逃れた。国を思い、民を思った息子は、同じ川で、その国と民に殺されたのだった。

主を失った国は、国ではない。もはやかつての栄えも虚しく、人心は乱れ、賊は跋扈《ばっこ》し、あちこちで小競り合いが起き、いくさが始まり、また領土と命の際限ない奪い合いが幕を開けた。

家臣の一人が、城から逃げ出す折、男が捕らえられているはずの牢を調べた。そこには、誰もいなかった。壊された後も無く、遺骸もなく、まるで影も形もなくなっていた。

戦乱の世に、妙な風聞が駆け抜けた。かつて大国を治めたあの男は、一体何者であったのかと。

すでにこの世にいないという説があれば、遥か遠い国へ逃げ延びたのだという話がでる。

共に戦ったことがあるという者も、年をとったせいか、その顔をよく覚えておらず、ましてや名も知らない。

そもそもどこで生まれてどこで育ち、親兄弟はいたのか、そんなことすら誰も答えられない。

かつて敵国にたったひとりで潜み戦い、帰ってきたという武勇の逸話を知る者も、一介の武人が突然国の主になれるはずが無い、きっと逸話の男と領主は別人だ、などというもっともらしい意見を開陳する。

さらには、いや、もともと皆が話すような男はこの世にいなかったのだとまでする講釈さえ出てくる。

この地にも、やがて誰かがいくさを終わらせ、和がもたらされる日が来るであろう。そしてまたその和は崩れ去り、争いは起こるであろう。それが、人の世が続くということであろう。

男は、生の痕跡を何一つ残さなかったが、ただひとつの言葉を残した。

剣より強き者は剣を用いず
罠より賢き者は罠を用いず

無論、これが本当に男の発したものであるか、その正否は、もう誰にも分からない。

（おわり）

白クマサーファー

http://www.shirokuma-surfer.com

2005年4月22日 第1刷発行

著者　遠野 一人

装丁　権田 雅彦

発行者　増本 利博

発行所　明窓出版株式会社

〒164-0012 東京都中野区本町6-27-13

TEL 03-3380-8303 FAX 03-3380-6424

URL http://www.meisou.com

印刷・製本　株式会社ナポ

ISBN4-89634-166-X C0093